La Crazy Crew y la Liga Galáctica

La Crazy Crew y la Liga Galáctica

DOCTORE POLLO

mr ediciones martínez roca

Este libro no habría sido posible de no haber tenido un apoyo increíble. En primer lugar, quiero agradecérselo a 2BTube y, en especial, a Valle y Sara, por estar día a día encima para que todo salga bien.

Cómo no, también a mis hermanos de la CRAZY CREW, ya que este viaje sin ellos no habría tenido lugar; doy gracias cada día por tenerlos a mi lado.

También, por supuesto, a todos y cada uno de mis suscriptores, ya que todo esto es principalmente por ellos, y el apoyo diario que nos dan es motivo de agradecimiento eterno.

Quiero dedicar este libro a mis dos preciosos hijos, Aylin y Ethan, porque son lo mejor que tengo y lo más bonito que me ha pasado.

A mi mujer, Paula, que siempre ha estado ahí para mí y me ha apoyado en todo como nadie. Te quiero con locura.

A mi padre, incondicional en todo momento, y, por último, a mi madre; descanse en paz, a quien siempre llevaré en mi corazón. Sin ella nada habría sido posible.

Iván

Edición y fijación del texto: José Manuel Lechado

Ediciones Martínez Roca, sello editorial de Editorial Planeta, S. A.
Avda. Diagonal, 662-664, 08034 Barcelona
www.planetadelibros.com

Diseño de la cubierta: Planeta Arte & Diseño
Imagen de cubierta © Frederick Francis Regadillo
Imágenes de interior: © Third Guy
Diseño de interior: María Pitironte
Fotografía de contracubierta: cortesía del autor

Primera edición: enero de 2018
ISBN: 978-84-270-4400-5
Depósito legal: B. 27.588-2017
Preimpresion: Safekat, S. L.
Impresión: Black Print
Printed in Spain - Impreso en España

El papel utilizado para la impresión de este libro es cien por cien libre de cloro y está calificado como papel ecológico.

Índice

ADVERTENCIA PREVIA: LOS RETOS QUE SE DESCRIBEN EN ESTE LIBRO TIENEN INTENCIÓN HUMORÍSTICA Y SON PARA DIVERTIR AL LECTOR. REALIZARLOS EN EL MUNDO REAL PUEDE RESULTAR PELIGROSO SI NO SE GUARDAN LAS DEBIDAS PRECAUCIONES, E INCLUSO CON ELLAS. SI ALGUIEN DECIDE MONTAR SU PROPIO TORNEO A TÍTULO PERSONAL, CONTRA UN GRUPO DE ALIENÍGENAS O CONTRA LOS AMIGOS DE SU BARRIO, LO HARÁ BAJO SU PROPIA RESPONSABILIDAD.

CAPÍTULO 1

LA AMENAZA DE ORIÓN

GALAXIA: Vía Láctea.

SISTEMA PLANETARIO: Sistema Solar.

PLANETA: Tierra.

LUGAR: Comando Militar Supremo. Despacho del general John Pérez McKellog.

FECHA: Futuro cercano... Ah, no, espera: es hoy. Esta misma mañana.

—Mi general —saluda el asistente—. ¿Se puede?

—Adelante, adelante —responde el oficial al mando del Comando Militar Supremo—. ¿Qué noticias tenemos?

—Me temo que malas, señor —le contesta el subordinado, entregándole un abultado informe impreso.

El Comando Militar Supremo (o «Colimo», como lo llaman cariñosamente en la jerga profesional, para abreviar) es el organismo encargado de la defensa común del planeta Tierra. Su principal misión es proteger nuestro mundo de una invasión extraterrestre. Dado que hasta hoy ni siquiera se estaba seguro de que existieran los alienígenas, se trataba de un trabajo de lo más cómodo, y el general Pérez McKellog estaba encantado. Pero hoy las cosas han cambiado de golpe.

Apenas veinticuatro horas antes varios satélites meteorológicos detectaron extrañas perturbaciones en la atmósfera. Poco después se comprobó que una flota de naves procedentes de otro mundo (naves con forma de balón de fútbol antiguo, para más señas) había tomado posiciones en diversos lugares estratégicos. Una situación extrema, ideal para el Colimo... que no tiene ni idea de lo que hay que hacer. Por eso el general encargó a su asistente la elaboración de un informe, el mismo que le acaba de tirar encima de la mesa. Ahora, ante el enorme montón de papel, y acostumbrado a estar sin hacer nada, el oficial siente una enorme pereza:

—¿Por qué no me resume lo que pone ahí? —gruñe Pérez McKellog.

—Sí, señor, a sus órdenes. En líneas generales... Bueno, siendo breve, la flota procedente de Orión ha venido para invadirnos. Su tecnología está mucho más avanzada que la nuestra y no tenemos nada que hacer contra ellos.

—Excelente. Dígales que nos rendimos. Tengo hora en el club de golf y no me gustaría perder la cita por una chiquillada como una invasión extraterrestre.

—Me temo que no es tan fácil, señor. Los de Orión son gente aficionada al deporte, así que nos dan una oportunidad.

—¿Qué oportunidad?

—Podemos presentarles un equipo que juegue con ellos un campeonato de fútbol interplanetario. Si ganamos, no nos invadirán. Si perdemos, nos convertiremos en sus esclavos.

—Fantástico. Contrate al último campeón de Europa. ¿No fue el Leganés?

—Lo dudo, mi general. Además, el fútbol interplanetario no es igual que el nuestro.

—Lo mío es el golf, mi querido subordinado: no me maree con los detalles y vaya al grano.

—¡A sus órdenes! Pues bien, no juegan exactamente partidos, sino que la cosa consiste en una especie de retos de habilidad con el balón.

—Entonces estamos perdidos.

—No, no, jefe. Por suerte disponemos de un equipo que juega a algo muy parecido. La Crazy Crew.

—¿Lo qué?

—Le mostraré un vídeo.

El asistente enciende un gran monitor panorámico de televisión, selecciona un canal y apaga las luces. En la pantalla empiezan a desfilar las imágenes de un vídeo bajado de YouTube. La Crazy Crew presenta uno de sus retos futbolísticos: «Penaltis mareados».

—Hola a todos —dice uno que se presenta como Doctore Pollo, líder de la Crazy Crew—. Hoy vamos a plantearos el reto de los penaltis mareados. *Let's go!*

El que habla es un tipo al que el general no querría ver como marido de su hija. Corpulento, con gorra y barba, va acompañado por un grupo de cinco chicos jóvenes que le secundan. Pérez McKellog experimenta sudores fríos a medida que avanza la descripción del reto. Doctore Pollo sigue hablando:

—La cosa, como ya habréis adivinado, queridos amigos, consiste en tirar penaltis.

—Es de cajón —responde uno de los colegas de Pollo, un tío delgado y rubio que responde al nombre de Wuajordi—.

—Sí, claro —gruñe Pollo—. Para efectuar este reto necesitamos una portería, un balón y un portero. Mr. Javi, por favor.

—Encantado de ayudar —dice el aludido, mientras se coloca bajo los palos.

Mr. Javi es también un tío corpulento. Tiene buena planta de portero, aunque por el desarrollo del reto parece que este detalle no tiene mucha importancia: el que tira los penaltis va a estar... Bueno, como dice el título del reto: «mareado».

—A continuación, necesitaremos un lanzador —continúa Pollo—. En este caso, será nuestro querido colega Gerardo.

—Allá voy —contesta el mencionado, un chaval atlético y de aspecto optimista—. A ver qué pasa. Tengo un poco de hambre, así que hagámoslo rápido.

—¡Pero alto! —interviene Wuajordi—. Falta algo.

—Así es —confirma Pollo—. ¡Juanky, Jose! ¡Preparad el escenario!

Juanky y Jose aparecen en pantalla trayendo el resto del equipo: un palo de escoba y un balón de fútbol. Juanky, que parece algo tímido, coloca el balón en el punto de lanzamiento, mientras que Jose, más chulo que un ocho, clava el palo en el suelo sembrado de hierba artificial. Lo hace con decisión, pero el palo no se sostiene y cae.

—Vaya mierda —se queja.

Vuelve a probar y, por fin, a la tercera, consigue que el palo se sostenga. Es el momento en el que Pollo vuelve a hablar.

—Estupendo, chicos. Ahora llega el momento cumbre. Gerardo, agarra el palo con una mano (la que te dé la gana) y da diez vueltas a toda leche a su alrededor. En cuanto acabes, sin que te dé tiempo a recuperarte, lanzas el penalti con todas tus ganas.

Ante la mirada atónita del general, el vídeo continúa. Gerardo hace lo que le pide su colega y da las vueltas alrededor del palo

mientras Pollo las cuenta. Cuando ha dado las diez previstas, a la voz de «¡Ya!», Gerardo, aunque se tambalea un poco, se lanza como un rayo a tirar el penalti.

La primera patada da en el aire. Gerardo casi se cae, pero a la segunda consigue acertar en el balón, que sale despedido con mucha fuerza hacia la portería. Además de fuerza lleva efecto (logrado de forma involuntaria, la verdad), lo que desconcierta a Javi, que, al intentar despejar de puño, acaba parando el tiro con toda la cara. Si se veía que era buen portero...

—¡Y hasta aquí, amigos, un nuevo reto de la Crazy Crew! —grita Pollo, mientras a sus espaldas Javi persigue a Gerardo, tal vez con intención de matarlo—. Seguiremos ofreciendo nuevos retos en nuestro can...

—Se te ha olvidado decir —interviene Jose— que son cinco intentos y que cada gol vale un punto.

—Tío, eso es de cajón. Pero vale...

El asistente apaga el monitor y enciende de nuevo las luces. El general Pérez McKellog se queda con la mirada fija en la pantalla vacía.

—¿Y estos son los que van a salvar la Tierra?

—Así es, mi general.

—Convóquelos. O haga lo que quiera. Yo me voy a jugar al golf. Quizá sea mi última partida.

Y así, con la cabeza baja, el general sale de la estancia murmurando «Estamos perdidos». Mientras tanto, el asistente descuelga el teléfono para hacer una llamada que puede cambiar el curso de la Historia.

CAPÍTULO 2

EMPIEZA EL TORNEO

Desde hace semanas la Tierra sigue rodeada por la flota invasora que ha cruzado los abismos interestelares desde Orión. Aunque ha habido bastante cruce de mensajes entre las autoridades terrestres y los alienígenas, hasta el momento nadie ha podido ver a estos últimos. No se sabe qué pinta tienen, ni cómo suena su voz, ni si la moda de Orión es interesante o más bien chorra (aunque se teme esto último, dado el diseño extravagante de sus naves, con forma de balón, incluidos los hexágonos y pentágonos).

La Crazy Crew apenas ha tenido tiempo para entrenar. Ocupados con los retos de su canal, fueron convocados a última hora, en el máximo secreto, por el nuevo comandante en jefe del Colimo, general Lee-Yuan Martínez. Un momento... ¿Y qué ha sido de Pérez McKellog? Pues nada: que está jugando al golf, suponemos. Poco acostumbrado a currar en serio, y abrumado por la responsabilidad de la misión, pidió que le apartaran del cargo, deseo que se vio cumplido de inmediato. De todas formas, este detalle no tiene mayor importancia, pues para cuando acabe esta historia no va a tener mucho interés quién esté al mando del Colimo: si la Crazy gana, ellos serán los héroes; y si pierde... Bueno, mejor no pensar en ello.

O sí, porque la Crazy está bastante acojonada mientras espera el comienzo de la primera jornada del torneo en los vestuarios del estadio del Éibar. Ya, ya sabemos lo que el lector va a preguntar a continuación: ¿por qué este estadio tan particular en concreto? Pues por elección de los alienígenas, cuyos motivos son por completo desconocidos. Tal vez alguna forma de guerra psicológica que, de momento, no parece funcionar, pues los chicos de la Crazy están más o menos de buen ánimo. Veamos lo que opinan nuestros jugadores:

—Pues no está tan mal este campo. Un poco pequeño, ¿no? —indica Mr. Javi, mientras se calza las botas de fútbol.

—Eso digo yo —observa Pollo, que hoy viste atuendo de entrenador—. Es una elección cantidad de rara, tíos. Pero no nos dejemos comer el coco.

—En realidad no nos viene mal del todo —señala Wuajordi—. Nos pilla cerca de casa...

—¿Cómo cerca? —interviene Jose PoneBombas—. Si esto está a tomar por...

—Quiere decir que podían habernos convocado a jugar en, qué sé yo, en un estadio de China, por ejemplo —precisa Gerardo, GeraXtreme para los amigos.

—Eso sí que habría estado lejos —indica Wuajordi—. Así habríamos viajado un poco.

—Eso es verdad, gente —habla Juanky, desde un rincón, mientras se prueba la camiseta que el Colimo ha mandado imprimir para la Crazy: de color verde esperanza con el logo del equipo y, como escudo, un globo terrestre rodeado de laureles.

—Chicos, chicos, vamos a concentrarnos, que esto es serio —corta Pollo la discusión, que empieza a irse por las ramas—. Está a punto de empezar este torneo que decide el futuro del mundo. Y nosotros somos la barrera entre la libertad de nuestro planeta y... esto... Bueno, lo que sea que nos espera si nos invaden esos mamones de Orión. ¿De acuerdo?

Todo el grupo asiente. Pollo, corpulento, con barba y bigote, tocado con una gorra, mira al equipo y luego echa la vista al cielo. No sabemos si está rezando o dando gracias por haber logrado juntar a un grupo tan competente. En cualquier caso, si la Tierra tiene alguna esperanza, está en estos seis chavales acostumbrados a participar en los retos futbolísticos más descabellados.

—Hablando de retos —dice Juanky, que parece estar escuchando al narrador—, ¿qué nos toca hacer en este primer encuentro?

—Pues eso estoy mirando —le responde Pollo, echando un vistazo a una especie de cuaderno que tiene entre las manos.

En realidad es un documento oficial entregado por el Colimo, que contiene los cinco retos que componen la primera jornada del torneo. También vienen las instrucciones para el desarrollo general de esta pequeña liga y las reglas básicas, que no son demasiadas. A grandes rasgos, el torneo constará de siete jornadas, cada una integrada por cinco retos diferentes. En la primera jornada los retos vienen impuestos por el equipo que lanza el desafío. Es decir, en este caso, los alienígenas. A partir de aquí, el ganador de una jornada decide los retos de la siguiente. Cada reto individual se suele jugar (salvo excepciones) a cinco intentos, y lo gana el que obtenga mejor resultado. Un reto es un punto, y la jornada se la lleva, por supuesto, el que gane más retos. Al final de la jornada, el vencedor se lleva un punto en el cómputo total.

Doctore Pollo ha descrito este sencillo reglamento a sus colegas sin levantar la mirada del papel. Ahora los contempla y ve algunas caras de asombro.

—A ver, tíos, para que no nos liemos y resumiendo: hay que ganar por lo menos tres retos hoy para llevarnos el punto de la jornada. Y habrá que hacerlo al menos cuatro veces, puesto que son siete jornadas. Es decir, cada jornada hay que hacer al menos tres puntos para ganar. Y el torneo completo se lo lleva el primero que gane cuatro jornadas.

—Ahhh... Vale, ahora está claro, colega.

—¿Y cada cuántos días vamos a jugar?

—Según estas reglas oficiales, de una jornada a otra pasan seis días. No me miréis con esa cara, chicos. Parece ser que en Orión las semanas duran seis días. Además, ¿qué más da?

—Eso digo yo —señala Jose—. Por mí, podíamos jugar todos los retos seguidos...

—Treinta y cinco en total —precisa Juanky.

—Pues eso, treinta y cinco. Todos seguidos. Y acabar con estos puñeteros alienígenas en un solo día y hacer una batucada con sus cabezas. —Dicho esto, Jose hace el gesto de tocar el tambor sobre la cabeza imaginaria de un extraterrestre.

—Vale, vale, ese es el espíritu. Ahora tenemos que salir ahí a ganar.

—¿Cuándo? —pregunta Wuajordi.

—Cuando nos avisen de que han llegado los alienígenas, supongo. Mientras tanto, os voy diciendo los retos del día. Se llaman, según el orden en que vienen aquí: «Portero con guantes gigantes», «Remate con cama elástica», «Faltas extremas», «Remate en bici» y «Remate a tres patas».

—Los nombres son bastante claros.

—Sí, sí, pero vamos a estudiarlos un poco, para estar prevenidos, que tienen sus complicaciones. Algunos son... Bueno, yo no los haría en casa, la verdad.

Durante varios minutos el equipo analiza los retos del día, siempre con una incertidumbre a cuestas: ¿contra quién van a enfrentarse? No se sabe casi nada de los alienígenas, aparte de que les gusta jugar, apostar y conquistar nuevos territorios. En fin, tal vez no sean tan diferentes de nosotros. Para esta primera jornada, crucial, en la que los equipos de dos rincones de la Galaxia van a medir sus fuerzas, Pollo pide ante todo tranquilidad y prudencia.

—Hoy vamos a conocer a nuestros rivales. No hay que forzar la máquina. Intentaremos ganar todo lo que podamos sin sufrir bajas. Y sobre todo buscaremos los puntos débiles de los extraterrestres. Alguno tendrán.

Jose hace un gesto con los puños, pero no dice nada. Wuajordi se peina el tupé rubio mientras se mira en un espejo. Gerardo, que está todo cachas, hace unas flexiones. Javi y Juanky juegan a las cartas sentados en un banco del vestuario.

—¡Me *cagüen* la leche, hacedme caso! —se cabrea Pollo.

Va a repartir algunas collejas, pero desiste y prefiere dejar que sus colegas se relajen a su rollo mientras él apunta una serie de detalles en el plan de juego: el orden de los retos, qué puesto ocupará cada uno, etc. No le lleva mucho rato, pues Pollo, como líder de la Crazy, conoce bien a sus compinches y lo que puede dar de sí cada uno. Solo espera que los alienígenas no sean una especie de atletas superiores, porque entonces estarán bien fastidiados.

No tiene mucho rato para pensar en ello: cinco minutos antes de la hora prevista para el inicio del encuentro aparece el representante de las autoridades terrestres con la intención de informar al equipo.

—Es la hora, chicos —dice el asistente del Colimo—. ¿Estáis preparados?

—Ya te digo.

—En forma.

—*Let's go.*

—Vale, vale —sonríe el funcionario, contento de ver el buen ánimo de la Crazy—. Entonces vamos a salir al campo.

—¿Se sabe algo de los alienígenas? —pregunta Pollo.

—De momento nada. Su nave sigue estacionada sobre el campo, pero aparte de eso...

—Seguro que son unos mierdas —gruñe Jose.

—Les gusta el fútbol, no pueden ser malos tíos —señala Juanky, con su eterna sonrisa.

—Pronto lo sabremos —dice Pollo, calándose la gorra y saliendo el primero por el túnel de vestuarios.

En el exterior, la expectación es máxima. El estadio se encuentra abarrotado. No es muy difícil, la verdad, porque es un campo muy pequeño, pero el público parece entusiasta y les recibe con una ovación. Hay cámaras de televisión por todas partes, además de varios helicópteros alrededor de la gran nave extraterrestre que está situada a varios cientos de metros por encima del centro del campo. Hace varios días que este tipo de naves empezaron a sobrevolar nuestro planeta y todo el mundo se ha acostumbrado a su aspecto y presencia. «Balones volantes», ese es el nombre, muy imaginativo, que les ha dado la prensa, aunque nadie sabe cuál es la verdadera arquitectura interior de estos ingenios interplanetarios. Su funcionamiento es un verdadero enigma que tiene en vilo a los científicos. Gerardo, que es un tío práctico, lo resuelve a su manera:

—A lo mejor hacen así las naves porque les da la gana.

En todo caso, no es este el tema que más preocupa a la gente. Queda solo un minuto para la hora anunciada. Junto a una de las porterías se encuentra dispuesto todo el material necesario para los cinco retos de hoy. También hay un equipo arbitral, formado por terrícolas a propuesta de los visitantes de Orión, que no parecen demasiado preocupados por que el arbitraje sea neutral.

Cuando suena la hora en punto, en el balón espacial se abre silenciosamente una trampilla y un instante después sale del interior un pequeño artefacto volador con forma de galleta, de unos diez metros de diámetro. Este sí que parece el típico platillo volante. En cuestión de segundos el aparato se posa sobre el centro de la cancha, sin hacer ruido, lo que contrasta con el jaleo de los helicópteros. Sin duda la tecnología de Orión es muy superior a la nuestra. ¿Ocurrirá igual con sus características físicas? La humanidad no va a tardar mucho en saberlo. Una puerta deslizante se abre en un lateral del disco y a continuación se despliega una rampa hasta la hierba del campo de juego. Del interior, como en una película mala de ciencia-ficción, sale una nube de niebla blanquecina que oculta la visión. El gentío agolpado en las gradas guarda un silencio sepulcral, igual que los miembros de la Crazy, que permanecen a la espera a pocos metros de la nave recién aterrizada. Varios de ellos tienen la boca abierta de par en par.

De pronto, en medio de la nube que cubre la salida de la nave aparecen unas figuras altas y delgadas. No es fácil ver los detalles entre tanto humo, pero avanzan hacia el campo con paso solemne..., aunque un poco a trancas y barrancas, como si les costara moverse. A pesar de que el instante se hace eterno, son solo unos pocos segundos los que pasan antes de que el equipo de seis extraterrestres pise la hierba y quede a la vista de todos. ¡Es el primer contacto con visitantes de otro mundo en toda la historia!

El silencio da paso a un breve murmullo de sorpresa. Y luego, de repente, una carcajada que llena el campo. Risas a las que no son ajenos los miembros de la Crazy, que empiezan a partirse. Se habían hecho muchas especulaciones sobre qué aspecto tendrían los de Orión, pero nadie esperaba algo así. En general, son de apariencia humanoide: simetría vertical, dos piernas muy

THIRD GUY '17

largas, la cabeza arriba, grande como un balón de baloncesto... Pero también hay diferencias importantes. De entrada, un culo enorme, como dos pares de calabazas. Y cuatro brazos en lugar de dos. El rostro, un poema: ojos enormes, como de personaje anime, y un gran labio inferior algo caído que les da como cara de bobos. La piel, de color grisáceo con pintitas rosas. Pero no es esto lo que mueve a risa, sino su forma de vestir. Llevan todos algo que parece un uniforme, pero no deportivo, sino unas casacas de colores chillones, con botones dorados y montones de colgaduras, como de militar de opereta. Se cubren la cabeza con sombreros elevados que, al quitárselos para saludar, dejan ver un enorme cerebro al descubierto. Y lo peor, mallas ajustadas brillantes y zapatos de tacón. Vamos, que en Orión será la última moda, pero en la Tierra parecen unos mamarrachos.

Los extraterrestres se despliegan frente a la nave, saludan al público y, pensando que las carcajadas forman parte del ceremonial terrestre para saludar a los recién llegados, se ponen ellos mismos a reír. Sus risotadas suenan a algo a medio camino entre el graznido de un cuervo y el sonido de un motor diésel. Pollo, por no parecer descortés (y por no cabrear a los alienígenas, que tampoco es plan), se adelanta y tiende la mano al que parece el jefe. Este interpreta el gesto como un saludo, pero no sabe con cuál de sus cuatro manos responder, así que opta por el método que usan en Orión: estrecha a Pollo entre sus cuatro brazos, que desprenden (según contaría más tarde el líder de la Crazy) un tufillo a medio camino entre el sobaco y el chop-suey.

No se trata, sin embargo, de un acto cordial y amistoso, sino puramente formal. Apenas suelta a Pollo de su pringoso abrazo, el jefe extraterrestre se dirige a la concurrencia con una voz atronadora, aunque un poco aguda al mismo tiempo:

—¡Terrícolas! ¡Vuestra suerte está echada! Este torneo es una pura formalidad porque nos gusta jugar, pero no os hagáis ilusiones: os vamos a machacar.

—Será fantasma —dice Jose.

—Ya te digo —confirma Gerardo.

—Pues venga —dice Pollo a los visitantes—. No perdamos más tiempo y vamos a ver lo buenos que sois.

—Sea, terrícola. Empecemos con los retos del día.

Y así, sin más ceremonias, los dos equipos se acercan a la portería donde les aguardan los árbitros. Los alienígenas, haciendo agujeros en el césped con sus tacones. Por eso les cuesta trabajo andar: está claro que en Orión juegan sobre canchas de cemento. El árbitro principal procede al sorteo del orden de juego y apenas un minuto más tarde comienza el verdadero partido, no del siglo, sino del milenio, el encuentro más importante de toda la historia de la humanidad. De la habilidad de media docena de chavales depende el destino de toda nuestra raza.

—Bien, el primer reto es... «Portero con guantes gigantes».

RETO 1

PORTERO CON GUANTES GIGANTES

Material necesario:

- Un balón de fútbol. Uno bueno, a ser posible. Por lo menos que no sea un balón de playa.
- Una portería que sea algo más que dos montones de abrigos a modo de poste.
- Dos guantes gigantes, de esos de broma, y cuanto más grandes mejor, para el portero.

Procedimiento:

- Se trata de que el portero sea capaz de detener los penaltis, entorpecido por los aparatosos guantes.

[1] Como ya ha indicado Pollo, todos los retos seguirán la misma secuencia: cada equipo dispara 5 tiros alternativamente. En caso de empate, se van tirando tandas adicionales de 1 penalti por equipo, hasta que uno de los dos rompa la igualdad y se lleve el «punto de set».

La moneda, a cara o cruz, favorece a la Crazy, que lanza en primer lugar. Y esa es toda la suerte que tienen. El primer reto del torneo en el que se juega el destino de la Tierra acaba con un aplastante dominio del equipo alienígena, que consigue meter sus cinco lanzamientos, mientras que Pollo y sus colegas fallan todos los tiros. No han lanzado mal (salvo Jose, muy cabreado, que ha enviado el balón a las nubes), pero el portero de Orión, con cuatro manos y cuatro guantes gigantes, cubre la portería de tal forma que resulta imposible colarle un solo gol. En cuanto al guardameta de la Crazy, Wuajordi, no sabe por dónde le vienen: aunque los extraterrestres caminan de forma ridícula con sus zapatos afeminados, se las apañan muy bien. De hecho, el portero terrícola no lo ha hecho tan mal... al principio. El primer balón sí que lo ha parado, pero ha rebotado raro en el guante gigante derecho, le ha dado en la nariz y luego se ha colado entre los palos. El resto del reto el chaval ha estado más bien aturdido y no ha pillado una.

Tierra, 0; Orión, 1.

—Vale, chicos. Esto ha sido solo un calentamiento. No pasa nada —dice Pollo.

—Nos van a dar la del oso —se queja Juanky.

—No, tío, no, moral alta —anima Gerardo al resto del grupo.

—¿Qué viene ahora? —pregunta Javi, mientras abanica el rostro de Wuajordi, que sigue mareado del balonazo.

—Algo llamado «Remate imposible con cama elástica».

RETO 2

REMATE IMPOSIBLE CON CAMA ELÁSTICA

Material necesario:

- Un balón (esto ya no lo ponemos más, porque es lógico: siempre va a hacer falta un balón).
- Una cama elástica.
- Un montón de colchonetas.
- Un médico (opcional).

Procedimiento:

- Un jugador se coloca sobre la cama elástica, esperando el pase de un compañero desde el lateral del área. Aprovechando el impulso de la cama elástica, hay que meter gol de chilena o media chilena.

El árbitro y sus auxiliares ya están preparando el terreno. Esta vez colocan una cama elástica en el punto de penalti, y a su alrededor apilan montones de colchonetas.

—Nos vamos a romper el cuello, ya verás —se lamenta Juanky—. A pesar de las colchonetas.

—Qué va, parece sencillo —contesta Jose.

—No sé yo...

El segundo reto empieza bajo una enorme expectación del público. Esta vez tiran antes los alienígenas, que clavan el primer tiro en el centro de los tres palos, a pesar de los esfuerzos de Jose, que actúa ahora como portero.

—Qué mierda, tíos.

—No pasa nada, seguimos.

El primer lanzador terrícola es Gerardo. Se coloca sobre la cama elástica y, a pase de Pollo, clava una chilena perfecta que casi rompe las redes. Empate a uno.

—Os dije que esto iba a cambiar, colegas.

Es cierto que los hombres de la Crazy se esfuerzan. Mantienen el tipo hasta el final, empatando a dos aciertos y dos fallos con sus rivales. El punto puede decidirse en el último lanzamiento. El público terrícola grita enfervorecido, como si se fuera a comer al quinto jugador alienígena, pero este no falla. Llega el turno de Mr. Javi. Una enorme responsabilidad pesa sobre sus hombres, pero se le ve confiado. Se sube a la cama elástica mientras Juanky prepara el pase. Javi da algunos saltos de calentamiento sobre la cama, cuando observa algo extraño en la superficie de goma bajo sus pies. Va a decir algo y levanta el brazo en dirección al árbitro, pero es tarde: el árbitro da el pitido para el lanzamiento. Juanky corre, pega una fuerte patada y el balón describe un arco perfecto en dirección a Javi, que sin pensárselo dos veces toma impulso para saltar. Es justo ese instante el que elige la cama elástica para romperse con un chasquido seco. Javi da una patada al aire, cae al suelo y el balón pasa por encima de su cabeza sin que pueda hacer nada para remediarlo.

Tierra, 0; Orión, 2.

Pollo y los demás corren a socorrer a Javi, que se ha metido una costalada estupenda. Por suerte, no le ha ocurrido nada grave.

—Tío, te has cargado la cama.

—De eso nada —contesta Javi—. Han sido ellos, los alienígenas. Y creo que lo tenían calculado. Fijaos en la goma.

Mr. Javi señala la goma rasgada, pero no quiere que miren el roto, sino un montón de marcas puntiagudas que hay por todas partes.

—Mirad, son señales de los tacones de sus zapatos. Han deteriorado la goma hasta romperla. Y creo que lo han calculado a propósito.

—Vale, pues estamos bien —sentencia Pollo—. Ahora sabemos que nuestros rivales son unos tramposos.

—Les pagaremos con su propia moneda —dice Jose.

—No, no merece la pena. Les ganaremos limpiamente. El siguiente reto se llama «Faltas extremas».

RETO 3

FALTAS EXTREMAS

Material necesario:

- Al menos media docena de maniquíes muy altos.

Procedimiento:

- Se colocan los maniquíes formando una barrera de al menos 2,20 metros de altura. El objetivo es meter gol en lanzamiento directo, sorteando la barrera (y al portero, claro está).

La barrera de maniquíes parece formada por jugadores de baloncesto, y no solo por el tamaño. Cada maniquí pesa cien kilos. Si la pelota da en alguno de ellos, rebotará como en un muro de ladrillo. El objetivo del juego está claro.

—Vale, chicos: esto se nos da bien —asegura Pollo, con confianza—. Son lanzamientos directos con barrera desde fuera del área. Solo es cuestión de darle un buen efecto al balón.

—Amigo mío —dice Juanky—, se nos da bien... pero con una barrera normal, no con la gran muralla.

—Es verdad —observa Gerardo—. Los extraterrestres son más altos que nosotros, ellos estarán acostumbrados. Han trucado todo este maldito campeonato.

—Haremos lo que podamos —dice Juanky, que quiere animar a sus colegas.

El desarrollo del tercer reto es bastante equilibrado, en el sentido de que ninguno de los dos equipos muestra un dominio claro. La Crazy, en efecto, acostumbrada a jugar contra defensores humanos más bajos, pega varios balonazos contra la barrera, pero consigue meter un gol como una casa. El quinto tiro, bien guiado por Wuajordi, lo detiene no obstante el portero rival. Los alienígenas, por su parte, demuestran que, en efecto, están habituados a las barreras altas, pero no a porteros como Gerardo, que se pone inmenso y lo para todo. Bueno, casi todo: el último lanzamiento alienígena consigue burlar al guardameta. En la ronda de desempate, los alienígenas consiguen ganar el punto. Una vez más.

Tierra, 0; Orión, 3.

El primer partido ya se ha perdido, pero las reglas indican que hay que jugar todos los retos. El árbitro concede diez minutos de descanso mientras se prepara el siguiente escenario. Es el momento de recapitular. Pollo se dirige a sus colegas.

—Vale, tíos. Hemos perdido este primer encuentro, pero no pasa nada.

—Hombre, pasaría menos si hubiéramos ganado, ¿no?

—Leches, sí. Pero lo que ha pasado ya no tiene arreglo. Lo que debemos hacer es tomar nota de lo sucedido, para aplicarlo en la próxima jornada.

—A ver —dice Javi—. Sabemos que son tramposos, que eligen retos que les son favorables y que, a pesar de sus pintas ridículas, juegan bien a esto.

—Así es —admite Pollo—. Pero también es verdad que la cosa no ha sido tan aplastante. En el primer reto nos han machacado un poco, pero en los otro dos no. En realidad han tenido suerte.

—¡Y que son unos tramposos!

—Eso también. Así que nada: vamos a jugar el resto del partido, lo hacemos lo mejor posible, ya sin presión, y nos lo tomamos como un entrenamiento. La próxima jornada saldremos al campo con otro talante.

—¡A por ellos! —gritan todos a la vez.

La Crazy no se deja comer la moral. Juegan con calma los dos siguientes retos. El primero se llama «Remates en bici».

RETO 4

REMATES EN BICI

Material necesario:

- Una bici de montaña.

Procedimiento:

- El lanzador sale en una bici de montaña desde el centro del campo, en dirección al punto de penalti. Llegado ahí, debe hacer un derrape y tratar de golpear el balón con la rueda trasera para meter gol.

Es un reto endiablado, y la primera vuelta de cinco tiros acaba con empate a cero. La mayor parte de las veces ninguno de los equipos acierta, o golpea con poca fuerza, lo que da toda la ventaja a los porteros. Sin embargo, en la tercera ronda de desempate los alienígenas consiguen meter un gol que da el punto, por los pelos, a los visitantes.

Tierra, 0; Orión, 4.

Sin desanimarse, la Crazy afronta el último reto, «Remate a tres patas», que se desarrolla en un ambiente lleno de emoción. El público sigue apoyándolos, a pesar del aplastante resultado, que acerca un poco más el dominio extraterrestre sobre nuestro mundo.

RETO 5

REMATE A TRES PATAS

Material necesario:

- Una cuerda.

Procedimiento:

- Se trata de lanzar por parejas. Un jugador ata su pierna derecha a la pierna izquierda del otro. Corriendo al unísono, hay que rematar a la vez y meter gol.

Este reto exige coordinación y compañerismo. Correr con una pierna atada a la de otro para tomar impulso es complicado, y más aún ponerse de acuerdo para rematar a puerta, pero la Crazy lo consigue. Tras cuatro tiros de cada equipo, el marcador indica un empate a tres goles. Los alienígenas, que han empezado la ronda, fallan su quinto intento. El punto de la honra está al alcance de la mano. Bueno, del pie. De dos pies, en concreto los de Pollo y Gerardo, que se lanzan hacia adelante como un solo hombre y, medio metro antes de llegar al punto de penalti, proyectan un golpe potentísimo que hace que el balón pegue en el larguero y rebote luego hacia dentro.

Tierra, 1; Orión, 4.

Este es el resultado final del partido, que da el primer punto de la liga a Orión. Los chicos de la Crazy Crew se sienten desanimados, pero Pollo trata de devolverles la sonrisa: han jugado de tú a tú con un equipo venido desde el otro extremo de la Galaxia y, pese a la falta absoluta de entrenamiento y de conocimiento del rival, han conseguido mantener el tipo.

—Vamos a ganar el torneo a estos mamones —dice Pollo, mientras bajan hacia los vestuarios.

—¿Estás seguro?

—Ya te digo. Esto de hoy solo ha sido el calentamiento. El próximo día nos los vamos a comer crudos. Con la Crazy Crew no se hacen bromas.

CAPÍTULO 3

LA LUCHA CONTINÚA

Seis días más tarde los miembros de la Crazy vuelven a reunirse en los vestuarios del campo donde se juega el destino de la Tierra. Esta vez en la cancha del Alcoyano, de nuevo por elección de los alienígenas, que parecen mostrar cierto gusto por los estadios de equipos pequeños pero con solera. A la Crazy esta cuestión le da igual: así viajan un poco por todo el país.

En el vestuario, Pollo y sus colegas intentan desarrollar una estrategia para esta segunda jornada. Queda mucha liga por delante, pero están de acuerdo en un punto clave: no hay que dejar que los tipos de Orión consigan más ventaja. ¿Cómo hacerlo? Ni idea. En el día de hoy los cinco retos han sido elegidos otra vez por los extraterrestres, como corresponde por haber ganado la jornada previa. Sin embargo, hasta ahora el Colimo no ha pasado al equipo local el cuaderno explicativo. La incertidumbre, minutos antes de comenzar el encuentro, es total.

—No hay que ponerse nerviosos, chicos —anima Pollo al equipo—. Sea lo que sea lo que han preparado esos marcianos, podremos afrontarlo.

—*Vamo* a ver —dice Wuajordi—, que ya sabemos que son unos tramposos. Esto es guerra psicológica.

—Nos están vacilando —dice Jose—. Tendríamos que salir y liarnos a tortas.

—Hombre, ya, corta el rollo: tenemos que ganarles en plan legal —contesta Javi, al que le encanta el juego limpio. Gerardo, sin decir nada, asiente.

—Hola a todos —saluda Juanky, que viene de los servicios y no se ha enterado de nada.

En ese momento entra en los vestuarios el representante del Colimo para avisarles de que el encuentro va a empezar. Los alienígenas ya están en la cancha. Pollo y la Crazy salen al campo, subiendo las escaleras con buen ánimo. Las gradas vuelven a estar repletas de público y hay cámaras de televisión por todas partes. Y los de Orión, en efecto, están allí, esperando con lo que parece una sonrisa irónica en sus feas caras.

El equipo arbitral saluda a la Crazy y el árbitro jefe entrega a Pollo el cuaderno con las instrucciones. Se excusa del retraso diciendo que lo acaba de recibir. Los de la Crazy temen lo peor. No solo porque esta entrega de la descripción de los retos a última hora es un poco tramposa, sino porque en medio del campo de juego hay algo. Algo grande. Una especie de caja gigantesca, de al menos cincuenta metros de lado por dos o tres pisos de altura. Sea lo que sea, está cubierto por una lona inmensa.

—¿Qué diablos es eso? —pregunta Pollo.

—El terreno de juego, me temo —contesta el árbitro—. Viene todo explicado en las instrucciones.

—¿El terreno de...? ¿Pero qué diablos?

Pollo y los cinco se apresuran a echar un vistazo al cuaderno. Los nombres de los retos hablan por sí solos: «Remates con moto de agua», «El ventilador gigante», «Remates con trampolín», «Remates en yate», «Penaltis submarinos».

—Pero esto no va en serio, ¿no? —pregunta Gerardo.

—Me da que sí —le contesta Juanky—. Mira.

—Los aliens estos nos están vacilando.

Un grupo de operarios empieza a retirar la lona. Ante el asombro del público, y también de la Crazy Crew, aparece una piscina portátil de dimensiones olímpicas. Justo lo que hace falta para una serie de retos pasados por agua.

—¡Nos están tomando el pelo! —maldice Jose, que amenaza con los puños.

—¡¿Árbitro, de qué va esto?! —Es lo único que se le ocurre preguntar a Pollo.

—Los retos de hoy son acuáticos. Los alienígenas tenían derecho a proponer lo que les diera la gana después de vencer el otro día.

—Hombre, sí. Pero son retos de fútbol. Y esto es otra cosa. Que llamen a la marina.

—Pues es lo que hay —contesta el árbitro—. Si queréis regalarles la jornada, podéis retiraros.

—¡Y una mierda! —contestan los seis a la vez.

—Vamos a demostrarles a estos listillos con quién se la están jugando —sentencia Javi.

De este modo comienza la jornada de retos futbolísticos más extraña de todos los tiempos. En lo alto de la piscina ya están preparados algunos de los elementos necesarios para el desarrollo del juego. Hay unas plataformas en cada banda, para que se sitúen los jugadores de cada equipo. En medio de la piscina se ha instalado una portería de fútbol y en el centro hay una plataforma para el portero. Solo el espacio justo para colocarse: cuando se tire con la intención de parar algún balón, acabará en el agua. Y aparte de esto también hay una extraña estructura, parecida a una grúa, que se levanta por encima de todo el tinglado. En un lateral, a la espera, un par de motos de agua, un trampolín y otros trastos que, en principio, ni se sabe lo que son.

—Qué bien montado lo tienen estos tíos. Lo único que echo de menos es el yate. A ver con qué nos sorprenden.

—Sorprendernos, seguro que lo hacen...

Pollo estrecha la mano del capitán del equipo de Orión. La encuentra extrañamente pegajosa y no puede evitar pensar una vez más que estos visitantes les están vacilando. No hay tiempo para darle vueltas al tema, porque el árbitro pita el inicio del encuentro, que se abre con el reto «Remates con moto de agua».

RETO 1

REMATES CON MOTO DE AGUA

Material necesario:

- Un océano, un mar, un lago, una piscina muy grande... En fin, un montón de agua.
- Una moto de agua. Y mejor si hay una para cada equipo.

Procedimiento:

- Se coloca el balón a distancia de penalti sobre el agua. Tomando carrerilla con la moto hay que golpearlo (como se pueda) e intentar meter gol.

—La forma de juego está clara, ¿no?

—Esto promete.

—Va a ser divertido.

Los alienígenas son los primeros en tirar. Sin embargo, su rara anatomía no encaja bien en las motos de agua. Cuando diseñaron estos retos tal vez no pensaron en este detalle. El caso es que no parece dárseles bien la cosa. El primer intento alienígena acaba en naufragio sin llegar a tocar el balón. La moto vuelca, el de Orión se cae al agua y, cosa rara, suelta una especie de humillo al entrar en contacto con el líquido.

—Vaya —dice Wuajordi—. Parece que les ha salido mal su propia trampita.

—Echa mucho humo. A ver si se va a disolver como en las películas.

Pero no pasa nada: el extraterrestre regresa a su plataforma nadando y deja paso a Juanky, que es el primero de la Crazy en tirar. Arranca la moto, pone cara de velocidad, le da gas y sale como un rayo hacia adelante, directo al balón que flota en el agua, unos cuantos metros por delante de la portería. Con el morro de la moto le pega un golpe seco, tan fuerte que la bola sale disparada a toda velocidad y totalmente recta. Se estrella en pleno pecho del portero de Orión, pero cuando este, demasiado confiado, intenta sujetarla, la bola húmeda se le resbala entre las manos y acaba dentro de la portería. El primer gol de la jornada es para la Crazy, que lo celebra con gran alegría, igual que el público.

—Tíos, es la primera vez que vamos por delante.

El resto del reto discurre de forma parecida. Los extraterrestres se apañan mal con las motos diseñadas para los terrícolas (al parecer, cuando estos viajeros surcan la Galaxia, no se les ocurre llevar sus propias motos de agua en las naves) y no consiguen meter un solo gol. Los chicos de la Crazy, sin embargo, descubren, algo sorprendidos, que el asunto se les da bien. Siguiendo la estrategia de choque frontal diseñada por Juanky, y mejorándola un poco para dar efecto, consiguen meter los cinco goles. El último en tirar es Jose, que, tras clavar el 5-0 que cierra este primer reto del día, no puede reprimirse:

—Para que aprendáis a hacer trampas —le grita al equipo alienígena, al tiempo que les hace cierto gesto con el dedo corazón de la mano derecha. Ellos responden con un gesto similar, pensando que es una especie de saludo.

Tierra, 1; Orión, 0.

—Genial, tíos: esto empieza como el otro día, pero al revés —dice Gerardo.

—Es una buena señal.

—Venga, vamos con otro reto: «El ventilador gigante».

—No me gusta cómo suena.

RETO 2

EL VENTILADOR GIGANTE

Material necesario:

- Una buena piscina (en realidad este reto podría hacerse sobre tierra firme, pero los alienígenas de Orión, está claro, son mala gente).
- Una grúa con un arnés de alpinismo.
- Un ventilador gigante.

Procedimiento:

- El lanzador queda suspendido en el aire, por encima de la superficie del agua, gracias al arnés. Un compañero le pasa la pelota, que el «colgado» deberá rematar en el aire. El ventilador, encendido a toda pastilla, levantará una tempestad de viento y agua que dificultará la tarea.

El segundo reto de la jornada comienza con mal pie para la Crazy. Lo peor, en medio de la ventolera que levantan las aspas, es que el agua, dispersa en millones de gotas, parece llover en horizontal y no deja ver un pimiento. Además, aunque se viera algo daría igual, porque resulta dificilísimo enviar bien el balón al lanzador, que se balancea de un lado a otro, colgado del arnés, sin saber muy bien ni dónde está la portería, ni de dónde le vienen los tiros, ni dónde se encuentra él mismo. Nuestros jugadores van dando palos de ciego. Los pases son ajustados, pero el viento los desvía mucho y el tirador suele acabar dando patadas en el aire. Para los alienígenas, por algún motivo, la cosa parece más fácil. Lo que no saben los terrícolas es que en el lejano planeta de los visitantes los vientos huracanados son cosa frecuente. Otra trampita más.

En fin, para qué extendernos: la Crazy logra meter dos goles en este reto, y de chiripa, frente a cuatro tantos muy bien colocados de los extraterrestres. Los de Orión lo celebran a su manera, con un extraño baile parecido al cangrejo, pero que con sus pintas parece aún más ridículo de lo normal.

Tierra, 1; Orión, 1.

El empate no va a durar mucho, pues apenas se apaga el ventilador los currelas empiezan a preparar el escenario para el siguiente reto.

—Me *cagüen* la leche, estoy empapado —se queja Javi.

—No vuelvo a probar el agua en mi vida —gruñe Wuajordi.

—Creo que eso te lo he oído decir alguna vez antes.

—Estos tíos son unos chungos —maldice Gerardo.

—Eso sí.

Mientras tanto, Pollo, que se seca como puede junto al resto del equipo, contempla los preparativos para el reto siguiente: «Remate con trampolín».

RETO 3

REMATE CON TRAMPOLÍN

Material necesario:

- **Una piscina con trampolín. No una plataforma a veinte metros de la superficie: un simple trampolín situado un poco por encima del agua.**

Procedimiento:

- **El tirador aguarda (dando saltitos si quiere) sobre el trampolín, a la espera de que un compañero le lance el balón. El del trampolín debe entonces dar un buen salto, rematar en el aire y tratar de meter gol.**

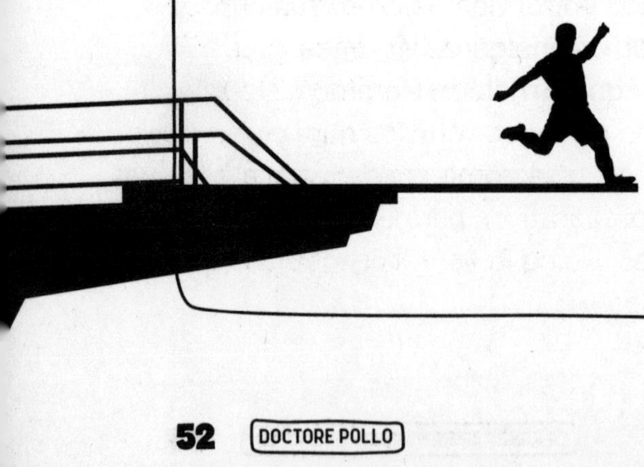

—En esta no nos van a pillar.

—*Let´s go,* chicos.

La Crazy empieza la ronda de tiros. Juanky se coloca el primero sobre el trampolín a la espera del pase de Jose. A los dos les da la risa cuando ven las pintas del portero de Orión (y ya deberían estar acostumbrados). Este, cabreado por tanta broma (los visitantes ya han entendido que se ríen de ellos, no con ellos), se pone nervioso. Jose corre, coloca un balón perfecto en el aire, frente a Juanky, que solo tiene que darse un poco de impulso y rematar de cabeza en una plancha perfecta. El balón sale disparado como una bala y se clava contra el fondo de la red, para desesperación del guardameta alienígena.

Y hablando de planchas, el que se mete un buen planchazo es Juanky, porque aterriza en el agua en horizontal y queda aturdido. El público no sabe si celebrar el gol o preocuparse por la suerte de nuestro jugador. Menos mal que Jose no se lo piensa tanto, está al quite y lo saca del agua.

—Me la he *marcao* —dice Juanky, escupiendo algunos buches.

En su primer lanzamiento, los alienígenas también marcan gol, aunque por los pelos: Gerardo, que hace esta vez de portero, llega a tocar el balón con los dedos, pero no puede impedir el tanto. Sin embargo, enseguida se ve que este reto no favorece a los invasores. En tiradas sucesivas, los chicos de la Crazy consiguen meter cuatro de los cinco lanzamientos, mientras que los de Orión no vuelven a acertar una. Es el delirio en la grada: al acabar el reto, el público aplaude con estruendo mientras los chicos de la Crazy saludan a todo el planeta, que los mira con gran expectación. La Tierra vuelve a ir por delante en el marcador.

Tierra, 2; Orión, 1.

—Esto está hecho, colegas —dice Pollo—. Hay que ganar el próximo reto y el punto es nuestro.

—Estos tíos se habían pensado que nos iban a machacar...

—Van a tener que volverse a su planeta con el rabo entre las piernas.

—Sí, solo les faltaba tener rabo.

—No digas burradas, chaval.

—Venga, venga, a ver cuál es el siguiente reto, que tenemos que acabar con esto, pero ya.

—Se llama «Remate en yate» —responde Pollo, leyendo el cuadernito oficial—. Y consiste en...

RETO 4

REMATE EN YATE

Material necesario:

- Puede valer con una piscina grande, pero mejor aún el mar.
- Un yate. No es necesario un capitán, porque el barco no se va a mover del sitio.

Procedimiento:

- El tirador aguarda sobre la cubierta del yate el pase de sus colegas. Pero no será fácil: en una moto de agua, dos compañeros se acercan al barco. Uno guía la moto y el otro lanza el balón al tirador con las dos manos, en plan saque de banda. El rematador casi no tiene tiempo de ver lo que pasa, porque el balón aparece de repente sobre la baranda del barco. En fin, cuando el balón esté a tiro, debe chutar a puerta y meter gol.

—Esto es una demencia —se queja Javi.

—Ya te digo —comenta Wuajordi—. Además, ¿de dónde van a sacar estos mamarrachos un yate?

—Yo creo que... —empieza a decir Juanky, pero se calla y se limita a apuntar hacia arriba.

Desde la nave-balón alienígena empieza a descender, guiado por un rayo de tracción, un soberbio yate que ameriza sin problemas en medio de la piscina. Mientras tanto, los árbitros van preparando las motos de agua.

—Ah, pues no ha sido tan difícil —sentencia Wuajordi.

—Madre mía, esto es de locos.

—¿Quién empieza?

—Ellos.

En efecto, la tanda arranca ahora con el primer intento del equipo de Orión. Uno de los alienígenas se sube a su moto de agua y vuelve a tener problemas para mantener el equilibrio. El colega que está en la cubierta del yate intenta atisbar por la borda a ver qué pasa, y justo en ese momento le pega el balón en toda la cara, derribándolo. El portero, que ahora es Pollo, no tiene ni que moverse.

—Así da gusto —murmura.

Por desgracia, la situación no mejora mucho para la Crazy en su primer intento. Jose se coloca en cubierta y espera que sus colegas le pasen el balón. El problema es que, poco habituados a la marinería, Wuajordi (que conduce) y Javi (que se encarga del balón) confunden la proa con la popa y acaban enviando la pelota a las gradas sin que el pobre Jose llegue a verlo siquiera.

Las siguientes dos tiradas siguen siendo muy flojas, y nadie consigue meter gol. De hecho, ninguno de los jugadores, de uno u otro equipo, logra siquiera rematar a puerta. Sin embargo, al cuarto intento los alienígenas consiguen clavar un tanto en la portería terrícola, después de un pase magistral de los dos de la moto, que se van haciendo al tema. La respuesta inmediata de la Crazy es otro fallo. Si los alienígenas meten el siguiente gol, el punto está perdido.

Los extraterrestres parecen haberle cogido el tranquillo a la cosa: de nuevo un pase perfecto y el rematador tira a puerta con una precisión absoluta. Sin embargo, Pollo realiza una estirada alucinante y consigue, *in extremis*, evitar que el balón entre en la portería, rozándolo apenas con la punta de los dedos. Al caer, se pega una costalada estupenda. Cuando se levanta del suelo, está hecho polvo.

—Jo, tíos, yo no estoy ya para estos trotes. Necesitaríamos un portero profesional.

Ahora es el momento de la verdad. Javi sube a cubierta, esperando el balón que le va a lanzar Juanky. Gerardo pilota con habilidad, el pase es perfecto y Javi conecta un tiro cuyo eco resuena en todo el estadio. El público, consciente de la importancia del tiro, permanece en completo silencio, con la boca abierta. La pelota surca el aire, arranca gotas de agua de la superficie de la piscina a su paso y va directa a la escuadra derecha. En la grada algunos empiezan a gritar «¡Gooo...». Pero el guardameta de Orión tampoco es manco y logra parar el balón, tocándolo casi por los pelos, aunque lo suficiente para evitar el tanto que habría obligado a seguir con las tandas de desempate. En las gradas, y aun en toda la Tierra, solo se escucha un murmullo de decepción y rabia.

Tierra, 2; Orión, 2.

Todo se va a decidir en el último reto.

—Reto que se llama «Penaltis submarinos».

—Madre mía, esto es cada vez peor.

RETO 5

PENALTIS SUBMARINOS

Material necesario:

- **Una diana móvil en el fondo de la piscina.**
- **Una pequeña plataforma flotante.**
- **Un balón medicinal de un kilo de peso.**
- **Un propulsor submarino.**

Procedimiento:

- **Se coloca la diana sujeta al propulsor, que la mueve aleatoriamente por el fondo de la piscina. El lanzador tira con las dos manos, como si sacara de banda, el balón medicinal. El objetivo es acertar en el centro de la diana.**

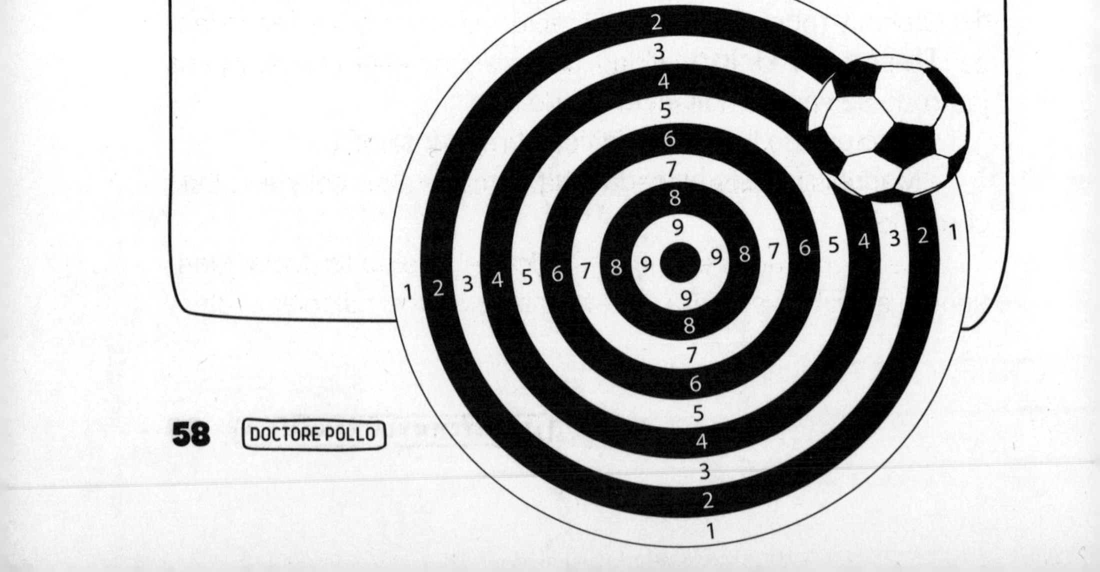

Los preparativos duran un rato, ya que hay que sacar el yate del agua e ir colocando las demás cosas. La Crazy aprovecha este pequeño descanso para beber algún trago y mentalizarse de que este último punto decide la jornada. Bueno, eso es lo que deberían hacer. En realidad cada uno está a su bola: Pollo, pensando nuevos retos para el canal. Gerardo hace flexiones para mantenerse en forma. Javi, Juanky, Wuajordi y Jose juegan al mus mientras charlan.

—Este último reto no es fútbol exactamente, ¿no?

—Bueno, ¿y cuál lo ha sido?

—Se trata de dar en una diana de dos metros de ancho, no será tan difícil.

—Envido.

—Órdago.

—Y dos más.

Al cabo de unos instantes el árbitro avisa con el silbato: todo está listo. El reto empieza con el primer lanzamiento de los alienígenas. El jefe de los invasores en persona se coloca en la plataforma y toma el balón medicinal mientras la diana empieza a moverse de un lado para otro. El invasor calcula el tiro y, al hacerlo, parece que de repente se pone a llorar. Bueno, al menos los ojos se le llenan de algo parecido a las lágrimas.

—Mirad —dice Wuajordi—. Están tan *cagaos* de miedo con nosotros que hasta lloran.

Como respuesta a esta afirmación, el jefe extraterrestre lanza la pelota con gran facilidad, como si no pesara nada, y pega justo en el centro del blanco.

—Vaya, menuda ocasión de callarme he perdido.

—¿Lo veis? —dice Jose, sin hacer caso a su colega—. Está chupado.

Es el propio Jose el primer tirador del equipo terrícola. Mantiene el equilibrio sobre la plataforma, levanta el balón en el aire y contempla el movimiento un tanto aleatorio de la diana. Cuando la tiene a tiro, lanza el balón medicinal con todas sus fuerzas. Cae lejísimos del blanco.

—¡Me *cagüen!* ¿Cómo es posible? Si ni siquiera me he acercado.

El lanzamiento siguiente de la Crazy corre suerte parecida. Los alienígenas parecen tristes, sí (porque no paran de llorar), pero no fallan una y van ganando por tres tantos a cero en el parcial, aunque los terrícolas deben hacer su tercer tiro. Gerardo tiene la ocasión de evitar la derrota en este lanzamiento, aunque para empatar en el total los alienígenas aún tendrían que fallar sus dos últimos intentos. Ah, y no olvidemos que en este reto no hay portero: todo depende de la habilidad de cada equipo y los de Orión han sacado una buena ventaja. Sin embargo, nada está perdido hasta el final. El atleta del grupo está preparado, pero antes de que llegue a tirar, Juanky interviene:

—Espera, colega, ya lo entiendo.

—¿Qué pasa? —pregunta Gerardo.

—Es otra trampa de estos fulleros —contesta Juanky—. Es la refracción de la luz.

—¿Lo qué? —pregunta Wuajordi.

—La refracción —continúa hablando Juanky—. ¿Tíos, es que no habéis ido al colegio? La luz, al atravesar el agua, se desvía un poco y hace que veamos las cosas en un lugar distinto al que realmente ocupan. Por eso no acertamos una: estamos tirando al lugar en el que vemos la diana, no al sitio en el que está de verdad.

—¿Y por qué ellos sí aciertan?

—Por esos ojos acuosos. No es que estén tristes ni *cagaos*: las «lágrimas» compensan la refracción.

—¡Siempre os digo que son unos tramposos! —grita Jose.

—¿Y qué hago? —pregunta Gerardo.

—Pues... —Juanky se lo piensa un poco y de repente dice—: Tira como si quisieras acertar un punto a un metro por detrás de la diana. Cuando se te acerque.

Gerardo hace lo que dice su colega y la pelota medicinal acierta en pleno centro. El estadio estalla en aplausos. Aún hay esperanza de empatar, sobre todo cuando los alienígenas fallan (por poco) su siguiente tiro. Por desgracia, y aunque la Crazy mete también sus dos últimos tiros usando el truco de Juanky, los alienígenas no fallan en su última oportunidad y, al tiempo que evitan el empate, se llevan el punto y el partido.

Tierra, 2; Orión, 3.

—Qué mamones, nos han vuelto a ganar.

—Esto se pone feo.

—Que no cunda el pánico, colegas —calma Pollo los ánimos—. Esta vez les ha costado más y han tenido que hacer trampas, como siempre, para ganarnos. Sin embargo, hay un detalle importante que no estáis teniendo en cuenta.

—¿Cuál?

—¿Alguien se ha molestado en contar los aciertos de cada equipo? Me refiero a cada tiro individual, no al tanteo de la jornada. No me contestéis, que es una pregunta retórica y ya sé que nadie lo ha hecho. Yo sí me he ocupado, y este es el resultado: en las dos jornadas que llevamos hemos tirado cada equipo un total de 54 lanzamientos (incluyendo los tiros adicionales para desempatar). Pues bien, nosotros hemos metido 21 y ellos... 24. ¿No está tan desequilibrado como parece, no?

—Hombre, visto así...

—Solo han sido tres goles de diferencia. Y eso a pesar de todas las trampas que hacen.

—¡Hay que lograr que ese balance juegue a nuestro favor!

—Está hecho.

—Así me gusta: que no decaiga la moral, colegas. Además —continúa Pollo—, nuestro equipo va a contar muy pronto con una incorporación, un refuerzo que estos marcianos de pacotilla no se esperan.

—¿Quién es?

—Es una sorpresa.

CAPÍTULO 4

UNA NUEVA ESPERANZA

—Son ustedes una pandilla de inútiles —ruge el teniente coronel Kim-il Johnson, nuevo jefe del Colimo (es un organismo que, por lo visto, cambia de mando con gran facilidad)—. Se supone que debían ustedes conjurar la amenaza de Orión y lo que han hecho es perder las dos primeras jornadas.

El que se está llevando la bronca es Pollo, aunque no parece que le afecte mucho. Mientras el militar grita, el líder de la Crazy Crew contesta al Whatsapp y echa algún vistazo que otro al cuaderno con los retos para la tercera jornada del campeonato en el que se decide el destino de la Tierra. El jefazo sigue soltando su perorata durante un rato más, hasta que cae en la cuenta de que Pollo no le hace ni puñetero caso.

—¡Oiga, joven! ¿Es que no presta usted atención a lo que le estoy diciendo?

—Sí, sí, almirante —le contesta Pollo—. Está usted cabreadísimo porque el uniforme le sienta fatal.

—¡Pero bueno, qué insolencia! ¡No se lo consiento!

—¡Ah! ¿Que no me lo consiente? ¿Y qué va a hacer? ¿Me va a poner a pelar patatas? A ver, pardillo, que yo creo que no te has enterado de la movida. No me puedes amenazar con nada. Si ganamos el torneo a los extraterrestres, mis colegas y yo seremos unos héroes y tú nos tendrás que servir los cafés. Y si perdemos, tú y yo terminaremos remando en las galeras de los alienígenas. Así que, corta el rollo.

El teniente-coronel se queda con la boca abierta. Acostumbrado a la obediencia ciega de sus subordinados, esta independencia que muestra Pollo le resulta de lo más chocante. No es hombre que piense muy rápido, y tampoco tiene tiempo, porque el joven sigue hablando sin darle más opción:

—Verás, te lo voy a explicar otra vez, a ver si lo pillas: vamos a ganar a los de Orión. Lo que ha pasado en las dos primeras jornadas ha sido accidental. Además, tampoco lo hemos hecho tan mal para ser la primera vez que jugamos contra alienígenas. Y si no te gusta, juega tú, a ver si lo haces mejor. Dicho esto, me las piro, porque tengo un campeonato que afrontar y hoy es un día decisivo.

—Pero, pero... —balbucea el militar.

—Mira, te propongo un plan: si ganamos a los extraterrestres, me entregarás la mano de tu hija. Es broma —advierte Pollo, ante la cara de pasmo de Kim-il Johnson—. Venga, me vale con que me invites a cenar en un asador. A mí y a mis colegas. Y si perdemos... Si perdemos, ¡qué diablos!, te compro un Ferrari. Para lo que te va a servir si no ganamos este torneo.

Y así, con una risotada, Pollo se larga y deja al jefe del Colimo con dos palmos de narices. El hombre se plantea seriamente dimitir del cargo. Fuera, en la antesala del despacho, jugando con su móvil, le espera un amiguete.

—Vámonos, ya ha terminado la reunión con el dire...

—¿Y qué? —le contesta el compinche, Xixo para los amigos.

—Pues como tú dirías, Xixo, una *kaka* de vaca.

El resto de la Crazy espera a la pareja ya en el estadio, impacientes ante el inicio de una tercera jornada de lo que se ha dado en llamar «El Torneo del Siglo». Sí, los periodistas deportivos no son lo que se dice originales, ni siquiera en ocasiones así. El campo, esta vez, es el del Béjar Industrial. Está claro que a los visitantes, que vuelven a elegir retos y escenario, les molan los campos pequeños por alguna razón desconocida.

Cuando baja al vestuario, Pollo se encuentra a sus compañeros un tanto dispersos y con gestos preocupados.

—¿Y esas caras? —les pregunta.

—Es que nos jugamos mucho hoy —aclara Gerardo—. Tenemos que ganar sí o sí.

—Imagínate... Esclavos de los de Orión. Menuda mierda —se queja Wuajordi—. Sería peor que hacer cola en la oficina del paro.

—Menuda putada, como nos pongan a currar... Con esas pintas que llevan...

—Eso sería peor: que tuviéramos que seguir la moda de su planeta. Ridículo.

—Bueno, bueno, no os vengáis abajo, que peor lo he pasado yo —dice Pollo—. El jefazo me ha echado una bronca de narices. Aunque, la verdad, no le he hecho mucho caso. Y además, traigo los refuerzos prometidos.

—Anda, Xixo —dice Javi, al verle entrar en los vestuarios—. ¿Cómo te va?

Xixo, que parece un tío simpático, recibe el saludo de sus colegas. Le preguntan dónde se había metido y esas cosas. «En mis negocios», es la respuesta, un tanto vaga, pero es que no hay tiempo para muchas cortesías. Un árbitro auxiliar entra en el vestuario y avisa de que los adversarios están ya dispuestos sobre el terreno de juego.

—¡Vamos, chicos! Esto está hecho. La estrategia, la de siempre, pero ahora con uno más en el equipo.

—Así nos cansamos menos.

—Y que no decaiga, leches.

El recibimiento de los espectadores es bastante frío. Después de dos jornadas palmando, lo normal sería que los animaran más. Pero no, parece que el público terrícola es como el del Real Madrid: solo anima cuando van ganando. En fin, no será este detalle el que hunda a los chicos de la Crazy Crew. De momento, forman en círculo en una de las bandas del campo para echar un vistazo al cuaderno con la información del día.

—A ver, chicos, estos son los títulos de los cinco retos de hoy: «Penaltis con tacones», «El balón de reacción», «Tiro en paracaídas», «Remates a gravedad cero» y «El balón de helio».

—Los títulos acojonan —sugiere Juanky.

—Bah, los títulos son lo de menos —vacila Jose, que insiste con su tema favorito—: Seguro que nos han preparado alguna trampita.

—No os preocupéis. Ya hemos visto que no son tan buenos. Lo que tenemos que hacer es salir a la cancha a darlo todo.

—Pues venga, que ya tardamos —ruge Xixo.

En el centro del campo el equipo arbitral está listo para dar comienzo a la jornada, que arranca con el primer reto del día:

RETO 1

PENALTIS CON TACONES

Material necesario:

- Zapatos de tacón de aguja para los tiradores. A ser posible, de su número, porque si no luego vienen los juanetes y esas cosas.

Procedimiento:

- Calzados de esa manera, se tiran los cinco penaltis habituales, de la manera más normal que se pueda, intentando meter gol sin hacerse un esguince.

Advertencia:

- Los tacones se clavan en la hierba.

—¡¿Lo veis?! —vuelve a quejarse Jose—. ¡Sabía que nos iban a hacer trampa!

—¿Pero qué trampa? —pregunta Juanky.

—¿Es que no lo veis? —insiste Jose—. Estos mamones de Orión siempre van calzados con zapatos de tacón. Es la moda hortera de su planeta. Nos sacan ventaja otra vez, y sin haber tirado un solo tiro aún.

—Mierda, es verdad.

—Bah, ni caso, tíos. Al tema y olvidaos de la moda galáctica.

Los extraterrestres juegan primero y, en efecto, se manejan bastante bien con los zapatos de tacón. Era lo que cabía esperar. El primer disparo a puerta va directo como una bala de cañón y solo la estirada de Gerardo logra evitar el tanto. Por primera vez en lo que va de día, el público parece revivir y aplaude al guardameta terrícola.

La respuesta viene de mano de Xixo, al que se le da la ocasión de estrenar el partido por ser el recién llegado. Se sienta sobre la hierba y rebusca entre un montón de zapatos de tacón, pero no se decide.

—Colega, que es para hoy —le dice.

—Espera, chaval —responde Xixo.

—¿Qué pasa?

—Que tengo que encontrar unos que me gusten.

—No fastidies.

—Hala, ya está, agonías —dice, cogiendo un par bastante curioso—. Estos valen. Y son de mi número.

Xixo se ha calzado unas sandalias de fantasía que parecen la versión gay de un legionario romano. Pero el tío se apaña bastante bien con ellas, salvando el detalle, que nadie había previsto (aunque lo habíamos avisado más arriba), de que los tacones se clavan en la hierba. Con decisión, sale corriendo de puntillas y le mete un patadón a la pelota, que se clava contra el fondo de la red. El público estalla en aplausos.

—Vale, vale, tíos —dice Pollo—. Pero no os descuidéis: la jornada anterior también empezamos ganando y mira cómo acabamos.

Hace bien el líder de la Crazy en recomendar prudencia, porque el resto de la tanda no va igual de bien. Los alienígenas, después de todo, se manejan mejor que nuestros chavales con los tacones y meten los cuatro goles siguientes sin el menor problema. Del equipo terrestre, solo Javi consigue marcar un tanto, mientras que Jose, Wuajordi y Juanky acaban con sendas torceduras de tobillo. La cosa empieza mal.

Tierra, 0; Orión, 1.

—Ya estamos. Y encima medio equipo lesionado.

—¿Cuál es el siguiente reto?

—No sé de qué va, pero suena que te cagas. Mira:

RETO 2

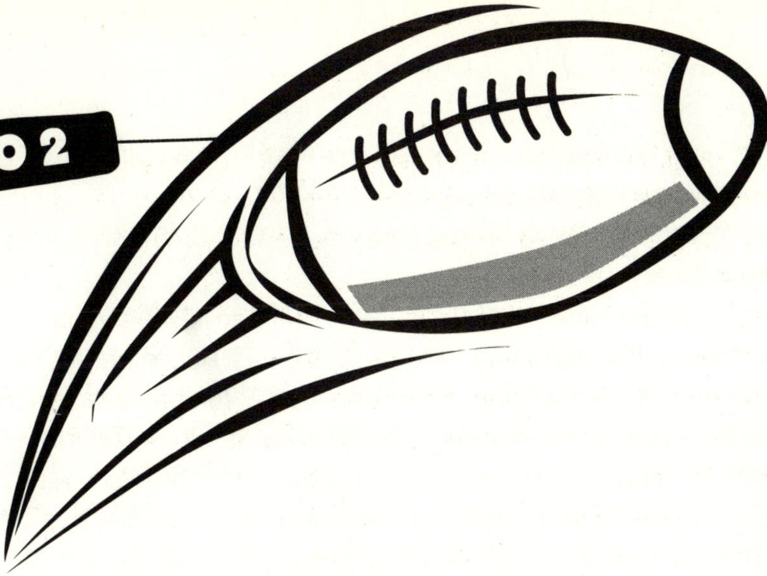

EL BALÓN DE REACCIÓN

Material necesario:

- Un balón con bultos. Puede valer, en caso de necesidad, un balón de rugby. La cosa es que rebote de forma irregular. No sirve usar un melón, porque no bota.

Procedimiento:

- Un lanzador tira el balón al aire en vertical, sobre su colega rematador, que debe dejarlo rebotar una sola vez en el suelo y, en ese momento, intentar chutar a puerta... si le acierta.

—Tío, vaya pepino —se queja Juanky al ver la pelota que han traído los alienígenas para el desarrollo del reto.

—Pero con esto el rebote va a ser imprevisible —dice Javi—. No me hace ninguna gracia.

—No, esto no va a ser nada fácil —indica Gerardo.

—Vale, vale, vale, tíos, no nos subamos por las paredes. A fin de cuentas solo es un balón raro. Hemos hecho retos más puñeteros que este. Solo se trata de estar al loro y meterle una buena patada.

Como para hacer guerra psicológica, en ese momento los de Orión proyectan sobre la superficie esférica de su nave unas imágenes: es un partido de fútbol en su planeta. Y allí se ve con claridad que los encuentros, o al menos parte de ellos, se juegan con un balón deforme que rebota sin control.

—¡Otra vez! —ruge Jose, que es el que más se encabrona con estas cosas.

—Es verdad: vuelven a hacer trampas.

—Ni caso: ¡al lío!

La Crazy empieza jugando. Jose hace de lanzador para Gerardo. Mientras tantea entre las manos la pelota alienígena y se dirige al punto de penalti, tiene una inspiración. Para evitar que el balón vuele de forma demasiado imprevisible, lo lanza hacia arriba procurando que no gire en el aire. Gerardo, que es el primer rematador, entiende la jugada y, en cuestión de segundos, traza su propio plan: observa cómo sube la pelota, cómo baja y, justo en el momento en el que roza el suelo, sin darle tiempo a volver a subir, le mete un punterazo con todas sus ganas que entra en la portería a pesar del esfuerzo del guardameta de Orión.

La estrategia está clara: hay que analizar con inteligencia los retos de los extraterrestres, porque casi siempre esconden alguna trampa, y aprovechar cualquier oportunidad. Los miembros de la Crazy seguirán, para este reto, la estrategia que, sin planificación previa, han establecido Jose y Gerardo. Y les funcionará: cuatro goles de cinco intentos. Los de Orión demostrarán que están acostumbrados a sus balones con deformidades, pero fallarán dos tiros a pesar de todo, gracias a la pericia de Pollo como portero.

Tierra, 1; Orión, 1.

—¿Y ahora qué toca? —pregunta Wuajordi—. No veo que los árbitros preparen nada.

—Es que... me temo que no hace falta —le contesta Pollo—. ¿Qué tal se os da saltar en paracaídas?

—Pero, ¿saltar, saltar? —dice Juanky—. Creí que lo de «Tiro en paracaídas» se refería al balón.

—Pues no, somos nosotros. Hacen falta cinco tiradores. ¿Quién se apunta?

TIRO EN PARACAÍDAS

Material necesario:

- Un avión, con su piloto a ser posible.
- Unos paracaídas que funcionen. Porque si no...
- Una gran diana.

Procedimiento:

- El tirador se lanza desde la altura necesaria, con el objetivo de caer sobre la diana, en la que se encuentra el balón, y desde ahí chutar a puerta con la intención de meter gol. Es un reto especialmente complicado y peligroso.
- Opcionalmente, se pueden dar puntos adicionales por la cercanía al blanco de la diana en el momento de aterrizar.
- En todo caso, si se aterriza fuera de la diana, no se podrá tirar a puerta.

—Vale, tíos, no os apuntéis todos a la vez —gruñe Pollo, cuando ve que solo Gerardo y Javi han levantado la mano—: Jose, Xixo, os venís con nosotros. Yo seré el quinto tirador. Juanky, de portero. Y tú, Wuajordi, de reserva.

Sendos transportes esperan a cada equipo en un sembrado de patatas fuera de la ciudad. Para la Crazy, una avioneta en la que apenas caben todos. Los alienígenas tienen su propio platillo volante de bolsillo. El despegue de los dos vehículos tienen lugar a la vez y, mientras ganan altura, los equipos se van preparando.

—¿Cómo se pone esto? —dice Javi, cogiendo uno de los paracaídas.

—¿Alguno ha saltado alguna vez desde un avión? —pregunta Xixo.

—Vamos a morir hoy, vaya mierda —lamenta Gerardo, que tenía grandes planes para el futuro.

—Bueno, al menos no veremos la dominación de la Tierra por estos mamones de Orión —zanja Pollo.

Pesimismos aparte, el Colimo ha destacado en el interior de la avioneta un monitor de paracaidismo que explica a los chicos de la Crazy lo fundamental para no escoñarse. Ya de paso, será él quien señale el momento de cada lanzamiento, para dar la máxima oportunidad a cada tirador para que aterrice junto al punto de penalti. Por suerte, hace buen día y no hay viento. Y así, cuando llegan a la altura correcta, Pollo se dispone a lanzarse el primero. Claro que, cuando ve el suelo a lo que parece un año luz de sus pies, se le arruga un poco el ombligo.

—Oye... ¿Y si damos el punto por perdido? —llega a decir, antes de que el monitor, cuando considera que es el momento preciso, le dé un patada en el culo para animarle a salir del avión.

—Y recuerda —grita el monitor—: cuenta hasta diez y tira de la anilla. La gravedad hará el resto.

Pollo hace como le dicen, aunque se lía un poco (por el susto, lo cual es comprensible), entre el siete y el ocho. Al llegar a diez tira de la anilla, el paracaídas se abre y la velocidad de caída se ralentiza. Pollo respira y, por primera vez, ve la diana. Intenta planear para acercarse a ella, y lo va consiguiendo. En realidad no lo hace mal para ser su primer vuelo, que termina a unos pocos metros del punto de penalti. En concreto, dentro de la portería y directamente sobre el portero alienígena, al que derriba y casi aplasta.

—¡Pollo, que tenía que entrar el balón, no tú! —le grita Juanky desde la banda. En las gradas, el público se parte de risa.

El resto de tiros corren suerte alterna. Javi y Gerardo se manejan bien, aterrizan en el lugar preciso y marcan sus dos goles. Jose, de chiripa, lo logra también, aunque planta los pies justo en el borde de la diana. En cuanto a Xixo, falla por los pelos, ya que en el momento de darle a la pelota, un golpe de viento le levanta del suelo y no consigue imprimir suficiente fuerza al tiro: el portero de Orión consigue detener el disparo. Y todos, salvo Gerardo, salen del avión por el mismo recurso del empujón amistoso del monitor.

En cuanto a los alienígenas, tampoco lo hacen mal del todo, pero solo consiguen meter dos goles porque Juanky está inmenso en la portería y detiene dos tiros. El último va directo a las mismas nubes de donde acababa de llegar el tirador.

Tierra, 2; Orión, 1.

—Estoy mareado —se quejan, a coro, varios miembros del equipo terrícola, obligados al bautismo del aire.

—Venga, que vamos ganando.

—Pues si os habéis puesto malos con lo del paracaídas, me da que el siguiente reto no os va a molar mucho.

—¿Cuál era? No me acuerdo. Creo que voy a potar.

—«Remates en gravedad cero».

—Tío, suena fatal.

RETO 4

REMATES EN GRAVEDAD CERO

Material necesario:

- Una máquina alienígena capaz de generar gravedad cero en la superficie terrestre. O eso, o esperar algunos siglos a ver si la tecnología terrestre es capaz de conseguir algo así.

Procedimiento:

- Una vez lograda la gravedad nula entre el punto de penalti y la portería, hay que intentar rematar para meter gol. Es más difícil de lo que parece.

—No existen máquinas de gravedad cero —dice Javi—. Esto es una chorrada.

—Por lo que leo en el cuaderno —contesta Pollo—, los alienígenas tienen una.

—Debe de ser eso que están montando al lado de la portería —observa Gerardo.

Se trata de un aparato del tamaño de un frigorífico corriente, que los extraterrestres ordenan colocar tras la portería. Una vez hecho esto, uno de los de Orión maneja un cuadro de mandos lleno de lucecitas y botones. De repente, una especie de láser azulado cubre toda la zona entre la portería y el entorno del punto de penalti. Cuando acaba, el extraterrestre mira hacia la Crazy y dice riéndose:

—¡Estáis perdidos, terrícolas! No tenéis nada que hacer contra nuestra tecnología superior.

—¡Sois unos pedazo de fulleros! —es la respuesta de Jose.

—Pues venga, chicos —corta Pollo la discusión—. Vamos a darlo todo.

El líder de la Crazy dispone el orden de tiro: Javi, Juanky, Gerardo, Pollo y Wuajordi. Jose queda como reserva para el caso de que haya que desempatar y Xixo será el portero. No lo hacen mal del todo los chicos de los que depende el futuro de la Tierra... teniendo en cuenta que jamás han estado en gravedad cero. Javi empieza a correr desde fuera del área para ganar impulso. Y lo consigue: cuando entra en la zona de gravedad cero, la potencia de su zancada le hace despegar del suelo, pasar por encima del larguero (el propio Javi, no el balón) y luego aterrizar bruscamente tras la portería.

—¡Mierda! ¡No gano para tortazos! Si salimos de esta voy a pedir paga doble.

—Si no nos pagan nada —observa Xixo.

—No hay que correr —dice Juanky, que se nota que ha aprovechado los estudios—: una vez dentro de la antigravedad, el más mínimo impulso nos hará salir despedidos hacia arriba, sin control.

En efecto, así lo demuestra el primer tiro de Orión: acostumbrado a los viajes espaciales y a la minigravedad, el extraterrestre camina con cautela hasta dentro de la zona iluminada de azul y solo entonces pega una patada fuerte, pero contenida, al balón. El principio de acción y reacción hace que el alienígena salga suavemente despedido hacia atrás, pero a cambio la transferencia de momento lineal (se nota que hemos estudiado, ¿no?) hace que el balón se impulse hacia adelante con una potencia enorme. El tiro, por lo demás, no va muy bien ajustado, porque sigue una trayectoria recta hasta chocar con Xixo, que hace una parada espectacular. El problema es que, al hacerlo, el portero terrícola separa un poco los pies del suelo y, al estar en gravedad nula, la fuerza del balón le empuja hacia el interior de la portería, siempre con la pelota entre las manos, con lo que el tanto es válido.

Para los siguientes tiros los jugadores terrestres siguen el consejo de Juanky (que gracias a Internet se ha convertido en el asesor científico del equipo) e imitan a los de Orión. Gracias a esto logran meter dos tantos, mientras que otros dos tiros se van a por uvas. Por su parte, Xixo, que aprende de la experiencia, se queda tan pegado a la hierba como puede. Esto le permite hacer dos paradas magistrales sin moverse un milímetro. En una de ellas, en realidad, el balón vuelve a empujarle hacia atrás, pero esta vez el guardameta proyecta la pelota hacia el campo con los puños y evita el gol. Sin embargo, el tanteo final es indiscutible: Orión ha metido tres goles y la Tierra solo dos.

Tierra, 2; Orión, 2.

—Todo se va a decidir en el último reto, chicos. Se llama «El balón de helio».

—¿De hielo?

—De helio.

RETO 5

EL BALÓN DE HELIO

Material necesario:

- Un balón lleno de helio a la presión suficiente.
- Una bombona de helio.
- Un manómetro.
- (Estos dos últimos ítems deberían haber quedado claros al leer el primero, ¿no? Nos gusta escribir de más.

Procedimiento:

- El balón va a tender a flotar en el aire, por lo que al chutar hará efectos muy extraños. El tiro se hará, como de costumbre, desde el punto de penalti.

—Esto no parece muy difícil, colegas.
—Eso digo yo. Aquí los extraterrestres han patinado.
—¡Vamos a machacarlos!

La Crazy Crew se lanza a la cancha llena de entusiasmo... para descubrir enseguida que las cosas no son tan sencillas como parecían. Al igual que en el reto anterior, los alienígenas están habituados a escenarios con microgravedad. Por lo tanto, no les parece tan raro meterle un patadón a una pelota que prácticamente flota en el aire. El primer tiro de los de Orión penetra limpia y lentamente entre los palos. Xixo, que hacía de portero, no se ha tirado mal, pero ha calculado un disparo corriente, sin imaginarse que el balón iba a avanzar de manera tan parsimoniosa. Lo único que ha podido hacer es contemplar el gol desde el suelo. La respuesta de la Crazy no se hace esperar... con un fallo garrafal de Pollo. Como a su colega, la falta de resistencia del balón flotante lo ha desconcertado, y le ha pegado tan fuerte que lo manda literalmente a las nubes. Todavía lo estarán buscando por la órbita de Saturno.

Mal empieza la cosa. Sin embargo, tanto Xixo como Pollo han pillado el truco. El primero en demostrarlo es el portero terrícola. Cuando el de Orión se prepara para disparar, lo distrae con toda clase de movimientos, saltitos y demás. Eso sí, sin moverse del sitio, para no incurrir en falta. El extraterrestre tira bien, pero esta vez Xixo no se lanza a la piscina. Espera tan tranquilo para ver por dónde viene el balón y, con calma, se acerca y lo detiene sin demasiados problemas.

En el siguiente tiro, Gerardo, que ha observado las jugadas previas y ha hablado con Pollo, ejecuta el lanzamiento con una estrategia calculada. Se acerca corriendo a la pelota como si le fuera la vida en ello. Hace ademán de pegar un patadón tan fuerte como el de Pollo, pero, en lugar de eso, la toca suavemente y le da efecto. La pelota se levanta del suelo como si fuera una pluma y traza una curva parabólica horizontal en dirección a las redes, donde cae un segundo después. A mucha distancia otro que cae es el portero de Orión, que esperando un disparo potente, se ha lanzado a la piscina. Desde el suelo, maldice en su idioma nativo a Gerardo, pero como este no lo entiende, le da igual.

El resto de la tanda corre suerte parecida. Xixo, muy en su sitio, detiene dos pelotazos más, aunque no logra parar el último. Por su parte, Javi, Jose y Wuajordi logran colar sus tres disparos utilizando la táctica mixta del tiro suave pero con efecto, que desconcierta al guardameta alienígena.

Tierra, 3; Orión, 2. ¡La jornada es nuestra!

Las tribulaciones del portero de Orión no le importan ya a nadie (bueno, sí: a sus compatriotas, pero que les den): el estadio revienta en gritos y aclamaciones, y los chicos de la Crazy Crew hacen honor a su nombre, corriendo y saltando como locos por toda la cancha, dando la vuelta de honor y recibiendo los aplausos no ya del público allí reunido, sino de toda la Tierra. Jugando con desventaja, haciendo frente a las trampas de los de Orión, Pollo, Gerardo, Jose, Juanky, Wuajordi, Javi y Xixo han conseguido remontar en el marcador general y dar una nueva esperanza al planeta que ya se veía esclavizado por los visitantes si no se lograba el punto del día. La prensa, con su originalidad habitual, ya les está llamando «Los Siete Magníficos».

—¡Tíos, lo hemos hecho!

—¡Los tenemos pillados!

—Pero no cantemos victoria: aún vamos por detrás en el marcador y tenemos que ganar tres jornadas... de cuatro que quedan.

—Sí, eso es verdad. Pero hoy los hemos derrotado con todas sus trampitas.

—Y en la próxima jornada somos nosotros los que elegimos los retos.

—¡Se van a cagar! —gritan los siete a la vez.

CAPÍTULO 5

DONDE LAS DAN LAS TOMAN

Un callejón oscuro, de noche, en una ciudad cualquiera... Bueno, no, cualquiera no: es la ciudad donde viven los chicos de la Crazy Crew. Y el callejón es el que hay detrás de su base de operaciones habitual. La noche es tormentosa, repleta de truenos y relámpagos. Llueve a mares. Un asco de tiempo, vamos. Y mientras la gente de la Crazy se recupera de la resaca, digo, de la celebración por los buenos resultados en el torneo contra los alienígenas, alguien llama a la puerta. A la puerta de atrás, por supuesto. No falta ningún ingrediente. O quizá sí: que el que llama lleve sombrero y gabardina y tenga alguna propuesta sucia que hacer a nuestros protagonistas.

Es Wuajordi el primero que acude a abrir la puerta. Más que nada, porque es el que está más entero. Camina con paso vacilante, pues está medio muerto de sueño. Se frota los ojos, se quita las legañas, comprueba el estado de su aliento... Vale, todo en orden. Abre la puerta. En efecto, al otro lado, bajo la cortina de lluvia, aguarda un tipo alto y misterioso con gabardina, sombrero y gafas oscuras. Al fondo se escucha un lejano ruido de sirenas. Wuajordi espera, por un momento, que alguien se líe a tiros, pero no pasa nada. El recién llegado permanece en silencio.

—¿Wuajapen? —le dice el de la Crazy. El otro pone gesto de extrañeza, o nos imaginamos que lo pone, porque no se le ve mucho la cara.

—¿Sois los chicos de la Crazy Crew, verdad? —pregunta el recién llegado, con una voz raramente aguda.

—Hombre, colega, pues sí. ¿Es que no nos conoces? Que nos hemos hecho famosos estos últimos días. Sobre todo gracias a mí, la verdad —empieza a vacilar Wuajordi—. Soy el crack del equipo.

—¿Qué pasa por ahí? —grita Mr. Javi, que viene con cara de pocos amigos porque el timbrazo le ha despertado de un sueño de lo más dulce.

—No sé, colega. Hay un tío aquí que quiere un autógrafo, supongo.

—No, no vengo buscando autógrafos —responde el tipo misterioso, en voz muy baja, aunque se le oye bien.

—¿Pues qué es lo que quieres? —pregunta Mr. Javi.

—En realidad no quiero nada... de vosotros. Más bien vengo a ofreceros algo.

—No vamos a comprar nada.

—Por favor, amigos, no soy un vendedor. Es un regalo, un presente para los héroes que van a salvar nuestro planeta —dice el tipo, luciendo algo parecido a una sonrisa que brilla en la oscuridad.

—¿Un regalo? ¿Qué clase de regalo? —el que pregunta es Gerardo, que aparece por la calle, en chándal, después de correr sus treinta kilómetros diarios, y que ha llegado a tiempo de escuchar las palabras del tío de la gabardina.

—Es algo que os vendrá muy bien para machacar de una vez por todas a esos simpát..., digo, malvados extraterrestres.

—No sé yo... —murmura Gerardo.

—¿Pero qué es? Dínoslo ya, que nos tienes en ascuas, hace frío y diluvia —se queja Mr. Javi.

—Hola a todos, ¿qué pasa aquí? —pregunta Juanky, con cara de sueño, uniéndose a la fiesta.

—No vamos a caber todos en la puerta.

—Dímelo a mí —le contesta Xixo, quitándose los cascos. Se escucha un jaleo de música discotequera a todo volumen saliendo de sus orejas.

—Tío, te vas a quedar sordo cualquier día de estos —le dice Gerardo.

—Bueno, a ver si alguien me hace caso —gruñe el extraño—. Como os decía, muchachos, tengo algo que os vendrá muy bien para ganar a los de Orión.

—¿Unas pistolas láser? —dice Juanky—. Molaría.

—No, no son pistolas láser —vuelve a gruñir el otro—. Es algo mucho mejor: esto.

Al hablar, saca de debajo de la gabardina un grueso paquete envuelto en papel de estraza.

—¿Es un bizcocho? —pregunta ahora Xixo.

—¿Un bizcocho? No nos vendría mal —dice Jose, que se une a la movida—. Tanto deporte y celebraciones dan un hambre que no veas.

—Es verdad, colega —le contesta entusiasmado Gerardo, chocando los cinco.

—¿Pero quién es este tío? —pregunta Jose.

—Soy vuestro salvador... Como os decía, esto es justo lo que necesitáis para ganar.

—¿Vamos a ganar con un bizcocho?

—¡Que no es un bizcocho, leches! Es... esto.

Con la uña extrañamente afilada de un dedo, el tipo raja un poco el papel y asoma un polvillo blanquecino. Toma un poco con la yema del mismo dedo y se lo lleva a la nariz. Esnifa y vuelve a mostrar esa extraña sonrisa.

—Es mágico, amigos míos. Con esto no se conoce el cansancio ni la desmoralización. La fuerza se dobla, y también la inspiración. Es exactamente lo que os falta. En este torneo no hay controles antidopaje. Y esta mercancía es gratis. ¡Por el bien de la Tierra!

—¡¿Nos estás vacilando?! —le contestan los seis a la vez.

—¿Vaci... qué? —el extraño pone un gesto raro.

—¿Que si quieres que te caneemos? —le dice, furioso, Jose.

—¿Cane... qué? —la voz del tipo suena cada vez más peculiar, como si fuera un robot.

—No, un robot no —dice Juanky, que le ha calado ya y parece que nos escucha—. Es un puñetero alienígena que nos quiere liar.

—¡A por él! —grita Mr. Javi.

—¡Malditos tramposos! ¡Os lo tengo avisado a tope! —dice Jose.

El extraño ve de repente a seis jóvenes con cara de mala leche rodeándolo, y no se lo piensa dos veces. Suelta el paquete, que deja al caer una nubecilla blanca en el aire, y sale por pies. Pero no puede correr mucho porque...

—¡Mierda! Si lleva zapatos de tacón. Es verdad que es uno de los extraterrestres.

—Nos la ha querido meter doblada.

—¡Vete al pedo, mamonazo!

El de Orión, ya sin disimular de quién se trata, se quita la gabardina, el sombrero y demás, y se aleja todo lo rápido que puede mientras los de la Crazy le persiguen arrojándole basura y cualquier cosa que haya tirada por la calle. No para el bombardeo hasta que el extraño se pierde de vista.

—¡Y no vuelvas por aquí! En la Crazy jugamos limpio.

—Hablando de limpieza, ¿qué hacemos con el paquete? —pregunta Gerardo, apuntando a la droga que ha quedado tirada en el suelo.

—A la mierda con él —sentencia Jose, que de una certera patada cuela el paquete y toda su nieve en el sumidero de una alcantarilla.

—Colega, menudo tiro. Si la próxima jornada estás así de fino, ganamos seguro.

—¿Qué pasa aquí, por qué montáis tanto jaleo, que la fiesta se ha acabado?

El que pregunta ahora es, por supuesto, Pollo, que viene de su «despacho», donde ha estado preparando un proyecto de cinco retos para la siguiente jornada. Como ganadores del encuentro previo, la Crazy tiene el privilegio de proponer los desafíos, y eso es lo que ha estado haciendo el líder del equipo. Y ahora, cuando viene a someter sus decisiones a la consideración de la banda, se los encuentra a todos bajo la lluvia, con Jose dándole patadas a un paquete que deja una especie de reguero blanco detrás de él.

—No te lo vas a creer —le dice Wuajordi.

—A estas alturas, colega, me creo cualquier cosa. Te recuerdo que nos estamos jugando el destino de la Tierra contra unos extraterrestres la mar de horteras.

—También es verdad.

Entre todos, le cuentan en un momento lo sucedido. Pollo alucina, pero se siente a la vez orgulloso de sus colegas. Sí, la Crazy Crew juega limpio.

Y ahora es el momento de repasar el plan de acción para la siguiente jornada, que tendrá lugar dos días después. Pollo les enseña los cinco retos que ha elegido y todos se muestran de acuerdo: los alienígenas van a recibir una lección sobre cómo se las gastan los terrícolas. Pero ahora, es momento de recuperar fuerzas y entrenar la estrategia.

Dos días más tarde la Crazy recibe la típica llamada del Colimo, cuyo jefe actual es un tal Idígoras Lobachevsky, capitán de intendencia. Por lo que se ve, nadie quiere ejercer durante demasiado tiempo el mando de este embolado. Pollo tranquiliza al oficial por teléfono:

—No te preocupes, Lobochungo...

—Lobachevsky, capitán Lobachevsky.

—Pues eso: el punto de hoy es nuestro.

Y sin más palabras, la Crazy se sube al minibús, llega a al aeropuerto y, en el *jet* que el Colimo ha puesto a su disposición, aterrizan en Madrid en un pis pas, a la caída de la tarde. Otro minibús les lleva al estadio. Hoy se juega en el campo de fútbol del Santana C. F., sito a las afueras del viejo pueblo de Fuencarral, con vistas a la Sierra de Guadarrama. Si los alienígenas escogen campos bizarros, la Crazy no va a ser menos. Las gradas, ampliadas para la ocasión, están abarrotadas de gente, al igual que los alrededores del pequeño estadio.

El árbitro principal los recibe y les muestra las instalaciones. Los chicos de la Crazy se preparan mientras sobre el terreno de juego se dispone todo lo necesario para los retos del día, pensados a conciencia para putear a los extraterrestres. Se lo tienen merecido, después de tres jornadas haciendo trampitas. Tras vestirse para la batalla, la Crazy Crew en pleno pisa la hierba en medio de una ovación extraordinaria. Los de Orión tienen cara de pocos amigos, incluido el que les llevó la mandanga dos días antes, que aún tiene una piel de plátano colgando de una oreja (si es que ese apéndice es una oreja, claro).

—Os vais a cagar —les saluda Jose.

—¿Y cuál es el primer reto? —pregunta el jefe de los de Orión.

—Uno fácil. Para empezar la jornada tenemos...

RETO 1

REMATES CON ZANCOS

Material necesario:

- **Unos zancos. Era de cajón, leyendo el título. El resto, lo habitual: balón, portería...**

Procedimiento:

- **El tirador se pone los zancos y, procurando no romperse la cabeza, tiene que rematar a puerta como pueda.**

El reto comienza con el primer disparo de los alienígenas. El problema es que, como ya son de por sí un poco patilargos, les cuesta mucho trabajo ponerse los zancos, y no digamos mantener el equilibrio. Acostumbrados a los zapatos de tacón no debería resultarles tan difícil (piensa alguno de la Crazy), pero no: casi ni se tienen en pie y, de hecho, el primer jugador extraterrestre ni siquiera consigue tirar a puerta antes de que pase el tiempo máximo reglamentario para disparar. Bajo los palos, Juanky bosteza de aburrimiento. Y seguirá haciéndolo durante los cuatro tiros siguientes. La jornada empieza con cinco abrumadores fallos de los alienígenas. ¿Y qué tal lo ha hecho, mientras tanto, la Crazy?

Bueno, es el problema que tiene a veces pasarse de listos. Se había calculado este reto para perjudicar a los adversarios, pero lo cierto es que los chicos de la Crazy Crew, aunque se apañan mejor que los alienígenas, también pasan algunos apuros. En total consiguen encajar, con dificultades, tres tiros a puerta: Gerardo y Pollo, que logran marcar, y Mr. Javi, que tira bien, pero lo detiene el portero rival. Jose y Xixo se dan de bruces con el suelo, y aunque este último consigue rematar de cabeza, casi arrastrándose, no imprime la suficiente fuerza al balón, que se detiene mucho antes de llegar a la meta. El resultado, en todo caso, es claro y la jornada empieza con ventaja para nuestro planeta.

Tierra 1, Orión, 0.

—No ha estado mal, chicos, pero para otra vez tenemos que definir los retos mejor, de forma que les perjudiquen solo a ellos.

—¿Y ahora cuál toca?

—Este también va a ser bueno.

Antes de tirar hay que poner a punto la cancha, pues el segundo reto de la jornada requiere un preparativo muy especial: apagar todas las luces del campo, y también las de las calles y carreteras de los alrededores. Sí, porque se trata nada más y nada menos que de:

RETO 2

CROSSBAR CHALLENGE
A OSCURAS

Material necesario:

- Un campo de juego realmente oscuro, con una portería y un balón.
- Árbitros equipados con dispositivos de visión nocturna.

Procedimiento:

- Se dispara a puerta en la oscuridad, cinco penaltis por equipo, sin ver nada. Los árbitros se encargan de constatar si hay *crossbar* (o sea, dar en el larguero) o no.

—Esto va a ser épico, colegas —dice Pollo, mientras el estadio va poco a poco quedándose a oscuras. He observado, en días anteriores, que estos mamones de Orión no ven demasiado bien en la oscuridad.

—Jefe... —interviene Wuajordi.

—¿Qué pasa, chaval?

—Que nosotros tampoco vemos un pijo a oscuras.

La aclaración, o más bien obviedad, no deja a Pollo descolocado:

—Sí, pero nosotros ya hemos hecho este tipo de cosas antes.

—No, no, la verdad es que no —interviene Gerardo—. Hemos hecho otros *crossbar challenges*, pero nunca hemos tirado sin luces.

—Pues mira, hoy nos vamos a estrenar. ¡Al lío!

De portero para este reto, Mr. Javi. El resto de jugadores, por orden alfabético. El desarrollo del punto es bastante accidentado, aunque por una vez evitaremos el suspense avisando de que ganaron los nuestros (los de la Crazy, quiero decir) de chiripa. Los alienígenas, en efecto, no veían bien en la oscuridad. Solo consiguieron dar al balón en dos ocasiones, y solo en una llegó a tocar el larguero. Diremos en honor de Mr. Javi que estuvo enorme desviando balones a ciegas e incluso hizo un paradón, aunque, como él mismo dijo:

—No la he visto venir —comentó más tarde, mientras se aplicaba hielo en el chichón, pues la pelota le pegó en mitad de la frente.

Respecto a los tiradores terrícolas, hicieron lo que pudieron; tuvieron que guiarse por el débil resplandor de las luces de Madrid, que se reflejaba en las nubes. Gerardo le dio un buen patadón a la bola, pero salió por un lado; Jose y Juanky lograron dar en el travesaño, Pollo atinó también, pero en un poste, y Wuajordi no llegó a tocar la pelota, que acabó perdida por el córner. Casi por los pelos, pero la cosa pintaba cada vez mejor, que era, en definitiva, lo importante.

Tierra 2, Orión, 0.

—Bueno, ha costado un poco, pero estamos a punto: si ganamos otro reto, el punto de hoy es nuestro.

—Y empatamos en la general.

—Nos los vamos a comer.

—Venga, ¿qué reto toca ahora?

—Otro hecho a medida para volver locos a nuestros rivales.

—Que se preparen.

RETO 3

PARADAS IMPOSIBLES CON CINCO BALONES

Material necesario:

- Cinco balones.

Procedimiento:

- Se colocan los cinco balones en la línea que marca el punto de penalti. El tirador los lanza a puerta tan rápido como pueda mientras el portero intenta detener tantos como le sea posible.
- En el tanteo final se suman todos los balones que entren, luego este reto puede sumar hasta veinticinco tantos por equipo, si bien en el marcador general la victoria contará como un único punto.

El reto comienza con el disparo del capitán alienígena. A estas alturas ya ha quedado claro que son menos torpes de lo que parecen. Bajo los palos, Gerardo intenta parar la lluvia de balones que se le viene encima. El extraterrestre se acerca despacio y, de repente, se planta sobre sus cuatro brazos y dispara con sus dos piernas a la vez. La maniobra pilla por sorpresa a Gerardo, que a pesar de todo consigue detener un par de tiros mientras los otros tres besan la malla, imparables.

Pollo tiene la misión de restablecer el marcador. Y él también quiere dar una sorpresa a sus rivales. Mediante una técnica ensayada días antes, corre hacia los balones no en perpendicular a la línea de portería, como es costumbre, sino en paralelo. Y, al llegar, los dispara alternativamente con una pierna y otra, aprovechando el mismo movimiento de la carrera. La ráfaga, en efecto, sorprende al guardameta de Orión, que pese a sus cuatro brazos solo consigue parar dos. Pollo empata.

El siguiente tirador extraterrestre mete cuatro tantos, aparte de otra espectacular parada de Gerardo. Pero Juanky solo consigue marcar dos goles. El reto sigue una tónica parecida, con clara ventaja de los alienígenas, que aprovechan sus características físicas para ganar el punto. Por un lado, su técnica de tirar a dos piernas es, en este caso, demoledora. Y en cuanto al portero de Orión, le basta con quedarse quieto para asegurarse de detener al menos un par de balones gracias a sus cuatro extremidades superiores. La Crazy Crew, a pesar de todo, consigue un resultado digno: 17 tantos de Orión por 12 de la Tierra. Pero el punto, por desgracia, se va a otra galaxia y la victoria en el torneo de hoy tendrá que esperar aún un rato.

Tierra, 2; Orión, 1.

—No pasa nada. Tampoco íbamos a ganar todas las bazas. Estos marcianitos ya nos han demostrado que saben jugar a esto.

—Nos resarciremos en los dos próximos retos.

—¡No podemos perder!

—¡A por ellos!

—La siguiente prueba va a llevar un rato montarla, así que podemos aprovechar para descansar un poco y preparar la estrategia. ¿Quién sabe jugar al golf?

La pregunta de Pollo flota en el aire mientras sus colegas miran en todas direcciones, sin contestar nada.

—¡Me lo imaginaba! —contesta el líder de la Crazy Crew—. Pero no importa: me he informado, y sé que en Orión no tienen ni puñetera idea de lo que es el golf. Esta prueba es la decisiva para hoy.

Y es que el siguiente reto se llama:

RETO 4

MINIGOLF *CHALLENGE* CON BALÓN DE FÚTBOL

Material necesario:

- Un campo de minigolf con los agujeros lo bastante grandes como para que entre un balón de fútbol.

Procedimiento:

- El campo consta de solo cinco hoyos. Se trata, como es lógico, de introducir el balón en cada hoyo chutando una vez con el pie.
- Cada partida la juega un solo jugador por bando. No se alterna con otros jugadores. Además, cada jugador debe recorrer seguidos sus cinco hoyos, sin alternarse con el rival, que jugará a continuación.
- Gana, obviamente, el que más hoyos meta. En caso de empate en la primera vuelta, se juega otra completa, también a cinco hoyos (no el sistema habitual de tiros alternos).

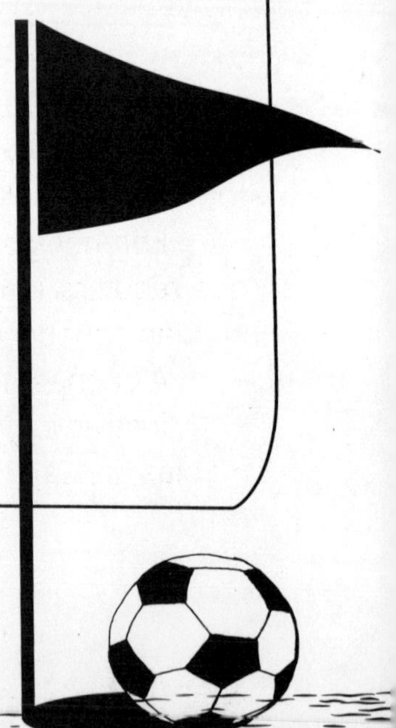

Las luces se han vuelto a encender para que los árbitros dirijan el montaje del campo de minigolf cerca de la portería norte. Los chicos de la Crazy descansan sobre la hierba mientras que los alienígenas se han retirado a su nave nodriza. Allí aprovechan el tiempo disponible para aprender todo lo que pueden sobre el golf. O más bien sobre el minigolf, que no es lo mismo, aunque se parece bastante.

—¡¿Qué es eso del golf?! —brama el líder alienígena.

—Al parecer es un juego que tiene mucho éxito entre los ricos de la Tierra —explica uno de los tripulantes.

—Y entre los que quieren parecer ricos —aclara otro.

—¿Y el minigolf?

—Pues parecido, pero más en pequeño. Requiere menos fuerza y más habilidad.

—Normalmente se hace dándole a una pelota pequeña con un palo. Pero la Crazy lo ha adaptado al fútbol.

—Perfecto. El fútbol se nos da bien. Y ese juego del golf, por lo que veo en las pantallas, parece una chorrada. Tenemos que ganar los dos puntos siguientes. Esta invasión ya se está prolongando demasiado —gruñe el jefe.

—¿Quién iba a decir que a los terrícolas se les iba a dar tan bien nuestro deporte rey? —se lamenta el que parece el intelectual de la nave—. Según nuestros informes, ni siquiera debería existir este juego en la Tierra.

—¡Porque vivimos a una porrada de años-luz, cretino! Es información obsoleta. Deberías haberte puesto un poco al día.

—Entonces podríamos haberles desafiado a otro juego. Uno que requiera inteligencia y que, por tanto, estos terrícolas no puedan conocer. Como el ajedrez, por ejemplo.

—A buenas horas...

Mientras los de Orión se instruyen sobre las costumbres terrícolas con la Wiki galáctica (que, por lo que se ve, es tan fiable y precisa como la terrícola), en el estadio ya han terminado de montar el campo de minigolf. El primer agujero es una réplica de Venecia, con sus canales y todo; el segundo tiene un molino de agua estilo holandés; el tercero es una especie de laberinto; el cuarto, una rampa empinada que acaba en lo alto de una pequeña torre medieval; y el quinto, una espiral.

—Vamos, chicos, vamos a acabar con esto —grita Pollo a sus colegas.

Hay una aclamación en el campo cuando Pollo se dirige hacia el campito de minigolf. Porque esta vez todo depende de él, puesto que el desafío lo juegan solo dos contendientes, uno por cada bando, y no hacen falta porteros. Los rivales, pues, son el líder de la Crazy Crew por la Tierra y el jefe alienígena por Orión.

Como muestra de cortesía, el terrestre deja empezar el juego a su adversario. Y no parece que se le dé mal del todo para no haber jugado al golf en su vida. El extraterrestre consigue meter el primer hoyo de un solo tiro, lanzando la bola limpiamente y con gran precisión, por encima de los canales. En el segundo, las aspas giratorias del molino paran la bola, pero consigue colarla en el tercer hoyo usando la misma técnica que en el primero: hacer volar la pelota sobre los obstáculos. En cuanto a la rampa, no tiene mayor misterio que el de tirar con fuerza ajustada y muy recto. Y en cuanto a la espiral, digamos que «marea» al alienígena y falla. Pero en total ha metido tres hoyos.

La presión para Pollo es enorme. Se acerca al campo, coloca el balón y empieza el juego. Lo que no sabe nadie, ni el público ni los extraterrestres, es que durante la semana previa ha estado ensayando su juego para no fallar a la hora de la verdad.

El primer lanzamiento rueda algo vacilante por un camino oblicuo que sortea todos los canales. El truco estaba ahí, a la vista, pero había que fijarse. La pelota, muy despacio, llega al agujero y se cuela dentro. En cuanto al molino, todo está en tener en cuenta la cadencia de giro de las aspas. Cuando calcula el momento adecuado, Pollo imprime a la bola un movimiento recto y firme que la introduce sin mayor problema.

La ovación del público es espectacular, pero llega el hoyo más complicado: el laberinto. Una cosa que nadie ha tenido en cuenta es que Pollo lo diseñó con una idea muy precisa. Sin pensárselo mucho, le mete un patadón con todas sus fuerzas a la pelota, pero obligándola a volar muy rasa. La bola choca contra las paredes del laberinto y va rebotando como en una coreografía ensayada, hasta entrar sin problemas en el agujero. El público enloquece. La próxima bola es de partido.

—¡Os estamos devolviendo las trampitas, marcianos mamones! —grita Jose desde la banda, mientras el resto del equipo anima a su colega, que está a punto de hacerles ganar por fin la jornada.

—¡Pollo, Pollo, Pollo!

El aludido coloca el balón para el cuarto tiro. Deliberadamente Pollo puso en esta posición el reto más sencillo. Usando la misma técnica que el jefe alienígena, solo se trata de dar una patada recta para que la bola suba la rampa y se cuele. Lo hace, pero no parece aplicar tanta fuerza como sería necesario. La pelota sube, pierde impulso rápidamente y se queda parada en el borde del agujero. Es un segundo de incertidumbre. En ese momento, Pollo da una patada al suelo y la bola se cuela dentro.

—Ha sido para dar suspense —dice Pollo mirando al equipo alienígena y haciéndoles con el dedo un gesto que no describiremos aquí.

En las gradas es el delirio. La Tierra ha empatado el campeonato. Los jugadores de la Crazy se echan al campo y quieren llevar en hombros a Pollo, pero este les para en seco:

—Colegas, aún quedan un tiro y un reto. Vamos a terminar esto con gracia.

Pollo lanza el último disparo, una vaselina precisa sobre la gran espiral, y la bola se cuela justo en el centro.

Tierra, 3; Orión, 1.

Ahora sí, lo cogen en hombros para dar la vuelta de honor al campo. La ovación es interminable, pero claro, este último adjetivo solo es un recurso literario, porque al cabo de un rato, se acaba. Y los árbitros recuerdan que aún queda un reto pendiente: «Tiros desde el centro del campo sin botar». Los jugadores de la Crazy Crew asienten y se dirigen a la portería sur, para jugar este reto que, dado el resultado, ya es de trámite.

RETO 5

TIROS DESDE EL CENTRO DEL CAMPO SIN BOTAR

Material necesario:

- Globos de helio de medio metro de diámetro sujetos al suelo con cuerdas, formando una especie de sembrado de minas entre el centro del campo y el área pequeña.

Procedimiento:

- Se trata de lanzar a portería desde el centro del campo, sin portero esta vez. La dificultad no estriba solo en la distancia: el balón debe entrar limpiamente en la portería, sin tocar el suelo y sin rozar ni uno solo de los globos.
- Como de costumbre, cinco tiros alternos por equipo.

Los operarios lo tienen todo preparado en cuestión de minutos. La red de «minas» es bastante enrevesada y la separación entre el centro del campo y la portería se hace enorme. Sin embargo, ocurre algo inesperado. Mientras se culminan todos los preparativos, el equipo de Orión se ha retirado a una banda. Se han colocado en círculo y discuten acaloradamente en su idioma nativo, que suena de forma parecida al reguetón. De pronto, el jefe da una orden, dice algo a uno de los árbitros auxiliares y, sin más, se suben todos en su transporte con forma de galleta y se largan hacia su nave nodriza.

—¿Qué pasa? —pregunta el árbitro principal a su ayudante.

—Que se las piran. Que dicen que no merece la pena jugar este reto si ya han perdido el punto.

—Pero eso es conducta antideportiva. Podría darles el partido por perdido.

—Si es que ya han perdido.

—También es verdad...

El árbitro medita un momento y comunica la noticia a toda la Crazy Crew. El encuentro ha terminado antes de lo previsto, pero los jugadores del equipo terrícola no quieren acabar tan pronto con la diversión.

—No nos vamos —dice Pollo.

—¿Cómo que no? —pregunta el árbitro.

—Que no nos vamos: queda un reto por jugar. Si no tenemos rival, no importa: lo jugaremos nosotros solos. Para que el público se divierta.

—Bueno... —contesta el árbitro—. Por mí... Me parece bien, vamos.

Como el reto final queda algo deslucido por la falta de contendientes, la Crazy se divide en dos equipos: Pollo, Gerardo y Juanky, por un lado, contra Mr. Javi, Jose y Wuajordi por otro. Xixo, que se hizo daño en un reto previo, decide sentarse en el banquillo y aplaudir a sus colegas junto al resto del público... O más bien el resto de la Tierra.

El reto discurre como una auténtica exhibición. Cada jugador emplea una técnica distinta, con efectos diferentes. Se han perdido los registros de esta prueba, y con la excitación del momento nadie recuerda el resultado a ciencia cierta. Hay quien dice que ganó el equipo uno, otros que fue el equipo dos. Incluso hay quien asegura que ganó Xixo solo, que al final se decidió a salir a echar unos tiros. Es lo de menos: esa jornada marcó el cambio definitivo en el signo del campeonato y, también, en el futuro de la Tierra. Empate a dos en el marcador general.

Esa noche, la Crazy Crew volvió a celebrarlo a lo grande. Pero tras la fiesta, un nuevo desafío: definir los cinco retos para la siguiente jornada.

CAPÍTULO 6

HACIA LA VICTORIA... O NO

La Crazy Crew lleva varios días dándole vueltas al tema de los retos para la siguiente jornada del torneo interplanetario. No son decisiones fáciles. Si se juegan bien las cartas, el equipo de la Tierra habrá culminado la remontada y se pondrá por delante en el marcador. Un golpe moral importantísimo, tanto para subir las apuestas a favor de los terrícolas como para hundir las esperanzas de los invasores de Orión.

Son cinco retos que pueden definir el futuro inmediato de todo el mundo. Y la Crazy lo está decidiendo en un bar muy cuco de la Alameda de Hércules, en Sevilla, ciudad donde han decidido llevar esta vez el juego. En concreto, el estadio de

La Cartuja, cerca de las ruinas de la Exposición Universal de 1992.

—Pero esto no es un campo de tercera, como hasta ahora —dice Gerardo.

—En realidad, ni siquiera es un campo de fútbol propiamente dicho —puntualiza Juanky—, sino un estadio para todo tipo de deportes.

—¿Por qué hemos venido aquí? Hace un calor que te cagas —señala Mr. Javi.

—Ahí le has dado, Javi —contesta a todos Pollo—. El calor es la clave: vamos a machacar a estos alienígenas con el mítico calor sevillano. Nosotros estamos más preparados para aguantarlo que ellos, que viven durante años en naves espaciales con aire acondicionado.

Al decir esto, a Wuajordi le da un sofocón que casi se desmaya. Se recupera echándose una tónica helada por encima de la cabeza.

—Bueno, bueno, quizá no ha sido del todo buena idea. Esperemos que el calor les afecte más a ellos, en todo caso. Además, me apetecía conocer Sevilla. ¿No me diréis que la ciudad no es bonita, no?

—Bonita es, sí.

—Pero hace un calor...

Durante los días previos al encuentro la Crazy ha preparado los retos bajo una temperatura asfixiante que nunca parece bajar de los cuarenta grados. El equipo de Orión, por su parte, no ha hecho acto de presencia. ¿Se habrán retirado, abrumados por la capacidad de la Crazy para remontar el marcador adverso?

Llega el gran día. El estadio está lleno a rebosar, como jamás en toda su historia. Las cámaras siguen a los miembros de la Crazy Crew, que, tras prepararse en los vestuarios, saltan al terreno de juego en medio de una gran aclamación. De los de Orión, por ahora, ni señales de vida. El árbitro consulta su reloj. Si el equipo rival no aparece antes de diez minutos del inicio oficial del encuentro, se le dará el tanto por perdido.

Llega la hora, el público sigue aplaudiendo, pero cada vez menos, porque necesitan las manos para abanicarse. La expectación es enorme. ¿De verdad se han retirado los invasores? Pasan cinco minutos de la hora de inicio. Pollo y sus colegas permanecen en el centro del campo, junto al equipo arbitral. Las gradas se llenan de silencio, e incluso en la televisión los comentaristas deportivos notan la presión y tiene lugar un hecho insólito: se mantienen callados durante unos segundos. No muchos, no exageremos.

Faltan treinta segundos para el plazo límite. Veinte segundos. Diez... Bueno, no haremos la cuenta atrás. Justo en ese instante la nave nodriza aparece sobre el cielo de Sevilla, abrasado de calor. El ingenio espacial brilla bajo el sol andaluz como un ascua. Como de costumbre, una compuerta se abre y baja hasta la hierba el transbordador con forma de galleta. Un segundo antes de que expire el plazo, los de Orión pisan el campo y el partido puede comenzar.

—Ya sabía yo que estos no se iban a rajar —advierte Pollo, mientras contempla cómo se abre la puerta del pequeño transporte—. Pero... ¡Qué diablos!

Los extraterrestres salen de su nave vestidos con un equipamiento distinto al habitual. Una especie de armadura plateada, con un casco de vidrio.

—¡Árbitro! ¿Qué es eso que llevan puesto? —pregunta Pollo.

—Ni idea —le responde el árbitro principal—. Se lo voy a preguntar.

—Eso, eso —interviene Jose—. Seguro que es antirreglamentario.

—No hace falta que preguntéis nada —contesta en voz alta el jefe de los alienígenas—. ¡Son trajes climáticos! Para combatir el calor, nada más. Son perfectamente reglamentarios —termina, entre risas malvadas.

—¡Me *cagüen* todo! —brama Pollo.

—Esto se pone feo —dice Wuajordi.

—No, no, no —intenta Pollo tranquilizar a su equipo—. No pasa nada. Vamos a ganar igual a estos merluzos ultracongelados. Un poco de calor no va a poder con la Crazy.

Según dice esto, a Wuajordi le vuelve a dar un chungo.

—Echadle agua por encima, que se nos desmaya.

—No perdamos más tiempo: vamos a empezar, pero ya.

RETO 1

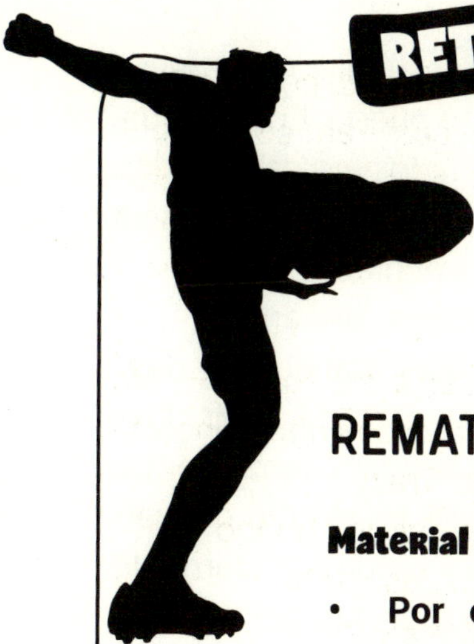

REMATES INMOVILIZADOS

Material necesario:

- Por esta vez, nada de particular, aparte del balón y la portería.

Procedimiento:

- El atacante avanza por parejas, a la carrera. Antes de llegar al punto de penalti, un jugador rival gritará desde la banda: «¡Stop!». En ese momento los atacantes tendrán que parar en seco donde estén. El que lleve el balón deberá disparar, pero no a puerta, sino contra su compañero, de forma que el balón rebote en su cuerpo y, de carambola, entre bajo los tres palos.
- Dada la dificultad del sistema, en este reto no hay porteros.
- Como de costumbre, cinco tiros alternos por equipo.

Ambos equipos forman sus parejas y salen al lío. Mr. Javi y Wuajordi forman la primera pareja en tirar a puerta. En la banda, el jefe alienígena espera el momento adecuado para dar la orden de parada mientras los dos terrícolas se dirigen corriendo hacia la portería, bajo un calor que no deja de aumentar.

—¡¡¡Stop!!! —grita el de Orión con un berrido chirriante.

Justo en ese momento Wuajordi, que lleva mal el calor desde el principio, aprovecha para desmayarse del todo. Y Mr. Javi, que es el que conduce el balón, se para en seco y lo lanza contra su colega, caído en el suelo. La pelota bota en el culo del caído, hace un extraño, le pega en la cabeza y rueda mansamente hasta la portería. El estadio entero celebra el primer gol del día a favor del equipo local.

—Colega, ¿cómo estás? —le pregunta Mr. Javi.

—¿Wuajapen?

—No me hace puta gracia esto, tío. Venga, espabila.

Amoroso como solo puede serlo un buen colega, Mr. Javi coge el cuerpo de su compinche y lo lleva hacia la banda, donde queda a disposición de las asistencias. «Golpe de calor», será el diagnóstico del médico. A ver, con el tiempo que hace...

—Bueno, tenemos una baja, amigos, pero aún estamos en marcha.

Mientras se atiende a Wuajordi, los extraterrestres han realizado también su primer tiro y han metido gol, y eso que Jose les dio la voz de alto a medio kilómetro de la portería.

—Esos mamones están tan frescos —maldice.

—No pasa nada. Vamos a seguir.

A pesar del buen principio para ambos equipos, los siguientes disparos demuestran que no es un reto fácil. Los extraterrestres no vuelven a meter un solo gol a puerta, y sus rebotes salen en todas direcciones menos en la correcta. Para la Crazy, por suerte, se nota el entrenamiento de los días anteriores y logran meter otros dos tantos, uno por el par Xixo-Jose y otro por Gerardo y Juanky.

Tierra, 1; Orión, 0.

—Perfecto, chicos. De nuevo vamos por delante. Ahora solo se trata de mantener esta posición todo el tiempo.

—¿Qué reto viene ahora?

—No hay que preocuparse: este primero era el más difícil de todos. El siguiente es pan comido.

—Pero si es pan comido para nosotros lo será también para los marcianitos —señala Juanky, con su lógica arrolladora. Todos asienten, menos Pollo.

—Macho, eres de lo que no hay. Vamos allá: nos toca el tiro al *frisbee*.

RETO 2

TIRO AL *FRISBEE*

Material necesario:

- Aparte de lo habitual, un *frisbee.*

Procedimiento:

- Un jugador rival lanza un *frisbee* de lado a lado de la portería. El jugador del equipo atacante debe intentar derribarlo al vuelo con el balón. Si lo consigue es un punto. Y si además mete gol, dos puntos. Por tanto, en este reto el equipo ganador puede obtener hasta diez puntos.
- El lanzamiento del *frisbee* debe ser limpio, es decir, debe volar en línea recta por delante de la portería, a al menos un metro de altura antes del primer palo y después del segundo. No valen tiros rasantes, irregulares, demasiado bajos, demasiado altos, abstractos, impresionistas ni cubistas. En esto ha insistido mucho Jose, que teme las trampas de los alienígenas.

—¿Y esto te parece más fácil que lo anterior? —dice Xixo—. Pollo, tío, estás como una chota.

—Oye, que esto lo acordamos entre todos. Venga, empezaré tirando yo. Sortead en qué orden vais a ir saliendo los demás. Juanky, tú te encargas de lanzar el *frisbee* a los marcianos.

El primer tiro corresponde a Orión. Juanky demuestra ser un lanzador habilidoso, que sabe dar efecto al disco para que vuele de forma extraña, pero sin vulnerar las normas. El primer intento de los extraterrestres acaba en fallo.

Llegado su turno, Pollo se acerca a la portería con decisión, coloca la pelota en el punto de penalti y se queda quieto al lado del esférico. Ha decidido no tomar carrerilla, ya que el vuelo del *frisbee* es rápido y en este reto lo importante no es la potencia del disparo, sino la precisión.

El jefe de Orión, situado fuera del área grande, se encarga de lanzar el disco contra los terráqueos. Y lo hace también con muy buen estilo: el plato realiza un vuelo perfecto, dentro de los límites establecidos por las normas. Pollo aguanta la respiración y siente que él es el *frisbee,* intentando captar toda la esencia del vuelo. Cuando cree que ha llegado el momento, le pega un golpe seco a la pelota y la eleva lo justo. El trayecto es corto, menos de un segundo, pero la Tierra entera aguanta la respiración junto a Pollo. Le va a dar. No le va a dar. Le va a dar. No le va a... Si hubiera habido tiempo para hacer apuestas, los corredores se habrían vuelto locos. En el último milisegundo, la pelota está casi encima de la línea de meta y el *frisbee* parece haber pasado de largo por muy poco. ¡Pero no! La bola, por los pelos, roza el *frisbee,* que se desestabiliza, y encima es gol. Dos puntos para la Tierra y una ovación espectacular.

Los tres siguientes tiros, dos de Orión y uno de la Tierra acaban en fallo. Llega el momento del tercer lanzamiento a puerta terrícola. Gerardo es el encargado. Ha analizado el vuelo de los *frisbees* y tiene claro el procedimiento. Como Pollo, se queda quieto junto al punto de penalti, con el pie justo debajo de la pelota para darle elevación en el momento justo. Y entonces sucede algo inesperado. El jefe de los extraterrestres imprime una fuerza enorme al disco, que sale como una bala. ¡Pero no en la trayectoria correcta, sino directo al cuerpo de Gerardo! En concreto, a su cabeza, donde impacta con fuerza, haciéndole caer redondo. Concentrado en la portería, no lo ha visto venir.

—¡Me *cagüen* sus...! —grita Jose—. Dejadme, que le parto la cara a ese marciano mamón.

—Para quieto, chaval, que te descalifican.

—¡Árbitro! ¿Eso es legal?

El árbitro se encoge de hombros: no puede juzgar las malas intenciones de un jugador en un caso así. En el acta figurará como un accidente. Las asistencias entran al campo y se llevan a Gerardo, más tieso que la Bella Durmiente.

—Otra baja. Esto es aposta, tíos.

—Creo que sí. Pero de nada vale lamentarse. Vamos a concentrarnos en ganar este reto y luego ya veremos.

—¡Y estad atentos al *frisbee*, no vayan a matar a alguien estos perros!

El reto continúa, de momento con la ventaja de la Tierra por el doble gol que ha conseguido marcar Pollo. Pero el cuarto intento de Orión acerca el marcador: la pelota pega en el *frisbee* lanzado por Juanky, pero lo hace con tanta fuerza que se desvía y sale por encima del larguero. Es un dos a uno para la Crazy. Y en el siguiente disparo el equipo terrícola tampoco consigue marcar. Si ahora los alienígenas logran un tanto doble se pondrán por delante y todo dependerá de si el último terrícola en lanzar a puerta consigue marcar, sea doble o sencillo.

Cuando Juanky se dispone a hacer el quinto lanzamiento, Jose se le acerca.

—Colega, déjame lanzar a mí esta vez.

Juanky asiente, Pollo tampoco dice nada, por lo que Jose ocupa el lugar del lanzador mientras el atacante alienígena se coloca en el punto de penalti. Jose le mira a los ojos fijamente. Luego esboza una enorme sonrisa, prepara el *frisbee*... y lo arroja en dirección a las gradas, privando a los de Orión de toda posibilidad de obtener el más mínimo punto.

—¿Os gustan las trampitas? —dice Jose, mientras el público estalla en una ovación—. Donde las dan las toman. Este punto es ya nuestro.

Por si acaso, el último tirador terrícola consigue también rozar el *frisbee*, lo que añade otro punto al tanteo general.

Tierra, 2; Orión, 0.

—Estupendo, tíos. Los tenemos en el bote. Un punto más y nos vamos a casa por delante en el marcador.

—¡Reto de partido!

—¿Cuál toca?

—Este va a ser divertido.

RETO 3

CROSSBAR-CESTO

Material necesario:

- Cinco balones de fútbol.
- Una o dos canastas de baloncesto.

Procedimiento:

- Se coloca la canasta sobre la línea de fondo, justo detrás de la portería. O bien, como veremos enseguida, pueden ser dos, para que tiren los dos equipos a la vez. Pero esto no cambia la esencia del reto.
- Desde la distancia de penalti, un equipo de cinco jugadores intentará colar los cinco balones impulsándolos con el pie, cada uno el suyo y todos a la vez, para que toquen el larguero y se cuelen a continuación en el aro de su propia canasta.
- Importante: todos los jugadores del equipo tiran al mismo tiempo... más o menos.
- Gana, por supuesto, el que más goles-canasta meta. En caso de empate, se repite la ronda entera.

Hay tiempo para descansar y reponerse del calor mientras los operarios colocan las canastas. Los jugadores de la Crazy se hidratan, huyen del sol y planean la estrategia. Además, se interesan por el estado de sus dos compañeros lesionados. Nada grave, pero el partido ha terminado para ellos por hoy. En fin, no viene mal el descanso. Un rato más tarde, el árbitro los avisa.

Ya están colocadas las canastas, una a cada lado de la portería, pues para igualar al máximo la contienda, los dos equipos lanzarán a la vez. El recuento de los tantos válidos dirá quién ha ganado el punto. El sol parece haberse detenido sobre la vertical del campo, haciendo caer lo que parece plomo derretido sobre los jugadores. Los de Orión se mueven a gusto, tan fresquitos dentro de sus trajes climatizados. Pero para los terrícolas la cosa cambia. Algunos creen ver espejismos, como si las canastas se deformaran bajo el brillo del sol. Es un efecto óptico, pero marea un poco y cuesta trabajo, a veces, delimitar dónde se encuentra exactamente el aro.

El árbitro pita y los corredores se lanzan a por sus respectivos balones. Cada cual sigue su estrategia, concentrado solo en lo suyo. Xixo se para, mira al aro y levanta el balón todo lo que puede con el pie, de forma que, para su propia sorpresa, la pelota entra con toda limpieza. Pollo prefiere jugar al rebote y dispara con un tiro seco contra el tablero, logrando otra canasta bastante espectacular. Juanky la eleva con una vaselina que sube un montón de metros, cae, rebota en el suelo y entra también en la canasta. El tiro es válido y suma el tercer punto. Jose tira directo, pega en el tablero, rebota en el aro, sube en vertical, vuelve a caer, se pone a dar vueltas alrededor del anillo metálico... ¡Y en el último segundo el aro escupe fuera la bola!

—¡Maldita sea! Por los pelos...

En cuanto al tiro de Mr. Javi, lo realiza acercándose al balón con la intención de elevarlo también en vaselina, que parece la táctica más eficaz y es la que más han ensayado. Pero cuando está a punto de dar al balón, el pie le falla y cae el suelo con una grave torcedura de tobillo.

—¡Mierda! —gruñe Pollo, al verlo—. Hoy estamos malditos.

Todos acuden a ayudar a su colega. Xixo echa un vistazo y ve que la maldición ha tenido algo de ayuda.

—Eh, tíos, mirad esto...

En el suelo, justo en la zona donde tenía que pisar Mr. Javi, hay un objeto extraño, pequeño pero voluminoso, apenas visible entre la hierba, que ha hecho tropezar al lanzador de la Crazy. No está claro lo que es, pero sí de dónde procede, pues en el reverso pone: «Made in Orión».

—¡Lo han puesto aposta para que tropiece!

—Calma, chicos, calma —tranquiliza Pollo los ánimos—. No tenemos pruebas y no podemos arriesgarnos a que nos descalifiquen por montar una bronca.

—Vale, calma...

—Y no lo hemos hecho mal: hemos metido tres tantos, que para un reto de esta dificultad no está nada mal.

—¿Y qué han hecho ellos?

«Ellos», los de Orión, contra todo pronóstico han metido cuatro canastas. El punto parcial se va para el otro extremo de la Galaxia. Y la Crazy ya tiene tres lesionados.

Tierra, 2; Orión 1.

—Habría estado bien jugar los dos últimos retos en plan exhibición, pero bueno, ahora hay que ganar al menos uno. Imposible dormirse, gente.

—¿Y ahora toca...?

RETO 4

CEGADOS

Material necesario:

- Un *flash* muy potente.

Procedimiento.

- El jugador quedará cegado por el disparo del *flash*, que se encenderá justo cuando empiece a correr para tirar a puerta.

Este es uno de los retos calculados por la Crazy para machacar a sus adversarios. Han dado por supuesto que, debido a sus largos viajes por el espacio, los de Orión no deben de estar muy acostumbrados a deslumbramientos como los que produce el sol. Y además, como su tecnología es muy superior a la nuestra, los terrícolas están convencidos de que allí ya habrán superado un invento tan chungo como el *flash* y no sabrán ni lo que es.

Los operarios montan el tinglado mientras los jugadores se van preparando. Los alienígenas no parecen demasiado preocupados, incluso sonríen un poco. Pollo les saluda con la mano y les enseña también una sonrisa deslumbrante. Los de Orión tiran los primeros, y se van a llevar una buena sorpresa... o no.

El primer jugador extraterrestre se acerca al punto de penalti. Las luces del campo se atenúan, para magnificar el efecto del *flash*. El jugador se dispone a tirar mientras el público permanece en silencio. Y un segundo antes de empezar a correr, todos ven como los ojos del tío de Orión se ensombrecen, como si hubiera bajado una cortinilla negra. Antes de que nadie pueda reaccionar, echa a correr, el *flash* estalla deslumbrando a todo el mundo menos a él, y clava un gol como una casa mientras Xixo, que actúa como portero, se frota los ojos, medio cegado por la potente luz, a pesar de tenerla a su espalda.

—¿Pero qué...? ¡Árbitro, árbitro! Están haciendo trampas otra vez. Se ha puesto unas... Un... Bueno, una especie de gafas de sol —protesta Pollo.

El árbitro consulta con sus ayudantes y se dirige a los alienígenas. Habla con ellos durante unos instantes y luego anuncia que el gol es válido. La explicación deja a los supervivientes de la Crazy con el gesto petrificado.

—Señores, la jugada es completamente legal —indica el colegiado—. Los alienígenas cuentan con una protección natural contra el exceso de luz. Es una especie de párpado oscuro, aunque transparente, que les permite ver sin problemas en situaciones como... Bueno, como esta.

Pollo y los suyos se miran asombrados. Esto no lo había previsto nadie. Claro, ¿quién iba a imaginarse algo semejante? Los de Orión siempre tienen algún as en la manga, y esta vez ni siquiera Jose puede decir que hayan hecho trampa.

Cuando le llega el turno a Pollo, que es el primer tirador terrestre, decide echar a correr con los ojos cerrados, y abrirlos solo cuando ya se haya disparado el *flash*. La técnica no está mal del todo, pero no cuenta con que la luz tiene tanta fuerza que lo deslumbra incluso con los párpados bajados. A pesar de eso, consigue marcar su tanto, pues el balón rebota en la cruceta derecha de la portería y entra sin que el portero rival pueda hacer nada por impedirlo.

Por desgracia, los lanzadores de Orión marcan todos sus tiros salvo uno que, mal dirigido, impacta de forma casi accidental contra Xixo, que a esas alturas ya no ve un pimiento. Los alienígenas, inmunes a la luz, pueden disparar a sus anchas sabiendo que el portero terrestre está cada vez más cegado por el enorme resplandor en el que se ve envuelto con cada tiro.

Los terrícolas, por su parte, no lo hacen mal, sobre todo teniendo en cuenta que Juanky y Jose tienen que tirar dos veces cada uno, por falta de jugadores. Por desgracia, solo consiguen meter dos goles. Juanky, imitando la táctica de Pollo, echa a correr a ciegas. La primera vez funciona, pero la segunda sale tan rápido que cuando vuelve a abrir los ojos, después del *flash*, está ya casi en la línea de meta y acaba chocando con el portero.

—Estaba blando y viscosillo — será su comentario.

Jose, por su parte, disparará con tantas ganas y furia que meterá un gol y fallará otro, completamente deslumbrado en el segundo intento. El tanteo final del reto, aunque ajustado, es claro, y Orión logra empatar en el marcador general.

Tierra, 2; Orión, 2.

El problema, ahora, es Xixo. No ve nada, está más ciego que un gato de escayola. Es el jugador que más *flashes* ha tenido que aguantar. Tener la luz a la espalda no le ha evitado problemas, pues el resplandor era inmenso y, nunca mejor dicho, cegador. Al quinto *flash,* sus colegas han tenido que ayudarle a llegar al banquillo. Las asistencias lo atienden con rapidez.

—No es nada grave, pero va a estar unas cuantas horas sin ver más que lucecitas —dice el médico.

Pollo reúne a lo que queda del equipo para el reto final. Solo son él mismo, Jose y Juanky.

—Amigos, esto sí que no lo habíamos previsto...

—¿Y quién iba a imaginarse algo así? —contesta Jose—. Han ido a machacarnos. Y esto del *flash*...

—Sí, no ha funcionado como pensábamos.

—Bueno, colegas, que no cunda el pánico —anima Juanky—. Solo tenemos que ganar el reto que queda y nos ponemos por delante. Yo lo veo chupado.

Pollo y Jose sonríen ante el optimismo de su compañero y asienten. Se dan la mano y se comprometen a lograr ese punto vital del que depende todo. Mientras tanto, la organización anuncia el quinto y último reto del día.

RETO 5

TOQUES

Material necesario:

- Nada de particular, solo un balón.

Procedimiento:

- Participa todo el equipo a la vez, pasándose el balón unos a otros sin que toque el suelo desde fuera del área. Tras cinco pases, el último jugador en recibir tira a puerta desde donde esté, pero siempre por detrás de la línea que marca el punto de penalti.
- Se hacen cinco rondas en total.

La situación antes de comenzar el juego es desesperada para la Crazy. El punto es vital, pero el equipo de la Tierra tiene a cuatro de sus miembros fuera de juego. Gerardo está groggy; Wuajordi, desmayado de calor; Mr. Javi, cojo; y Xixo, ciego perdido. Jose, Juanky y Pollo no tienen más remedio que afrontar el desafío ellos solos. Dadas las circunstancias, el jefe de la Crazy Crew ha solicitado al árbitro un aplazamiento, para que sus compañeros puedan recuperarse, pero el reglamento no prevé tal cosa: el espectáculo debe continuar.

Los jugadores de Orión, intactos y frescos, miran a sus rivales con una sonrisa de superioridad cuando empiezan con el quinto reto del día:

—¡Estáis perdidos, terrícolas!

—Vais a ser nuestros esclavos.

Mejor habrían hecho en prestar atención a lo que hacían, porque entre vaciles y risas, el balón se les va al suelo antes de poder tirar a puerta.

—Bueno, listillos —les dice Pollo, que actúa de portero—, de momento ya habéis fallado un intento.

Le toca a la Crazy. Es decir, a lo que queda de la Crazy. Juanky y Jose empiezan su turno, temerosos de las dificultades que les aguardan en este desafío acrobático. Sin embargo, descubren una ventaja inesperada: al no ser más que dos, pasarse el balón resulta más sencillo, pues no hay que pensar a quién se lo mandas cada vez. La primera aproximación es un éxito y acaba con un gol como una casa.

—¡Chúpate esa, marciano!

Los extraterrestres salen de nuevo, menos confiados y con menos risas. En efecto, al tener que pasarse el balón entre cuatro, no tienen la cosa clara y, de nuevo, vuelven a fallar cuando la bola cae al suelo justo en el último pase. Juanky y Jose, al llegar su turno, repiten la jugada previa y marcan un nuevo tanto.

Cuando les toca de nuevo a los alienígenas, se les ve claramente desmoralizados. Y Pollo contribuye a ello, haciendo bromas desde debajo de los tres palos:

—¡Vamos, chicos, que me aburro! Si queréis me voy a casa para que así os resulte más fácil.

La guerra psicológica hace efecto y los de Orión vuelven a fallar. Si Juanky y Jose hubieran metido el tercer tiro, el reto habría acabado ahí, pero en este intento fallan, lo que da nuevas esperanzas a los visitantes. Sin embargo, está claro que el juego de pases no es lo suyo. De nuevo fallan, y al siguiente intento los dos chicos de la Crazy sentencian un reto que acabará con un resultado notable: cuatro a cero para nuestro planeta. El balance de hoy:

Tierra, 3; Orión, 2.

El estallido de júbilo en las gradas es bestial. La ovación se puede oír a kilómetros de distancia. En las casas cercanas suenan bocinas y todo tipo de gritos de victoria. Los tres supervivientes de la Crazy se abrazan y corren a celebrar junto a sus colegas lesionados que, por fin, van por delante en el marcador general. La Tierra va ganando el torneo por tres a cero. Las dos jornadas restantes serán decisivas y la Crazy está dispuesta a obtener la victoria en el próximo encuentro:

—Hay que acabar con esto cuanto antes —dice Pollo, entre sonrisas—. Si estos se han creído que vamos a perder...

—No vais a ganar ni con trampas —grita Jose, en dirección a los alienígenas, que ya se retiran del campo con su habitual cara de mala leche.

—Pero, colegas —interrumpe Juanky, señalando con cara de susto el panorama.

En efecto, la evidencia es preocupante. Mr. Javi y Xixo, pese a sus lesiones, comparten la alegría del momento, pero no está claro que se vayan a recuperar a tiempo para la siguiente jornada. Y en cuanto a Wuajordi y Gerardo, siguen inconscientes, uno bajo un ventilador potente y el otro con la cabeza vendada. De momento, ni siquiera se han enterado de la victoria...

—Sí, la verdad es que esto es una buena putada... Vamos a necesitar mucha suerte.

CAPÍTULO 7

MALA SUERTE

—Chicos, vengo de presentar los nuevos retos al Colimo —dice Pollo, con media sonrisa, mientras entra en la habitación del hospital donde se recuperan los lesionados de la Crazy.

—¿Quién es ahora el jefe? —pregunta Gerardo, que aún lleva la cabeza vendada—. Porque lo han cambiado otra vez, ¿no?

—Sí —responde Juanky—. Ahora es un teniente que se llama Mbutu De la Serna.

—Jo, cada vez les bajan más el rango —dice Xixo, con los ojos vendados, desde su cama.

—Y tienen nombres más raros —confirma Wuajordi, el único de los lesionados que se ha recuperado por completo.

Pollo, Juanky y Jose han visitado el cuartel general del Colimo para informar de la situación del equipo, lleno de lesionados después del último encuentro. También han ido para pedir un aplazamiento de la siguiente jornada y para protestar contra las trampas continuas de los extraterrestres y solicitar algún tipo de penalización contra ellos.

—Que les quiten un par de puntos en la general, por ejemplo —insinuó Jose durante la visita—. Si lo hubieran hecho así ya habríamos ganado el torneo.

Por desgracia, y según les informó puntualmente el teniente Mbutu, el reglamento de esta liga interplanetaria no prevé aplazamientos por lesiones ni tampoco castigos por hacer trampas. Así que la sexta jornada tendrá que jugarse en la fecha prevista. Cuando volvían hacia sus bases, los tres supervivientes de la Crazy se mostraban preocupados. ¿Se recuperarían a tiempo sus colegas?

En el hospital hay noticias buenas y malas. Wuajordi se recuperó enseguida del golpe de calor, por lo que no es un problema. En cuanto a Gerardo, por suerte tiene el cráneo bastante duro. Deberá llevar un vendaje durante unos días, pero aparte de eso, si no tiene que rematar de cabeza, no habrá demasiadas dificultades, salvo algún mareo ocasional como resultado del golpe recibido con el *fresbee*. Lo de Xixo pareció más complicado, pero al final resultó que sus ojos solo necesitaban algo de descanso. «¿A quién se le ocurrió lo del *flash* gigante?», fue la pregunta del médico. Queda para el final el bueno de Mr. Javi. De todos, es el que ha sufrido la lesión más aparatosa. Su torcedura de tobillo no es grave, pero sí molesta, y le duele bastante. El diagnóstico es demoledor: lamentablemente, no tendrá tiempo para recuperarse del todo en una semana.

Hecho el balance, Pollo se siente satisfecho: podrá contar con el equipo casi al cien por cien. Bueno, al noventa. ¿No? ¿Menos? Puede que al ochenta... Mejor ser optimistas. Por si acaso, la Crazy Crew dedica los días previos no solo a recuperar a los lesionados, sino a preparar los nuevos retos y a trazar un plan de acción lo más eficaz posible.

—Se trata de evitar nuevas sorpresas alienígenas —dice Pollo a sus colegas—. Hasta ahora, cada vez que les hemos preparado alguna treta a los de Orión, nos han respondido con alguna sorpresita. Esta vez no podemos fallar: hay que intentar prever cualquier contingencia.

—De todas formas, vamos por delante en el marcador, a pesar de las trampas y las... contingencias —observa Mr. Javi, con el pie vendado sobre una silla.

—Sí, pero precisamente por eso no hay que confiarse. Si hemos recuperado el tanteo es porque somos mejores. Pero no siempre ganan los mejores. Hay que afinar todos los detalles.

En estas especulaciones llega el gran día. Se va a jugar en el Nuevo Colombino, campo del Recreativo de Huelva, equipo histórico donde los haya.

—¿Por qué en Huelva, Pollo? —dice, con curiosidad, Xixo.

—Eso... ¿No hemos pasado ya bastante calor? —pregunta Wuajordi.

—Pues hay una razón, colegas: el Recreativo es el equipo más antiguo del fútbol español. Es el decano. Y si ganamos el torneo en su campo, haremos un gran homenaje al club que introdujo en España el deporte que más nos gusta. Y eso fue a finales del siglo XIX.

—Tío, ¿y si perdemos?

—Pues si perdemos, tendremos que jugar a muerte la última jornada. *Let's go!*

Un par de días más tarde, la Crazy Crew viaja de nuevo al sur, preparada para ganar de una vez por todas esta especie de liga demente propuesta por los invasores venidos de otro planeta. La expectación del público es enorme y, por primera vez, han llegado turistas de Orión para ver los encuentros en directo. La organización, para evitar incidentes, les ha asignado una zona separada de las gradas. Además, ha rogado al público onubense que evite hacer chirigotas con las pintas de los alienígenas.

La Crazy ha planteado para hoy retos «de habilidad». No hay trucos ocultos ni sorpresas, todo dependerá de la pericia de los jugadores. Es importante este detalle, porque la Crazy entra en el campo bajo una gran ovación, pero con unas pintas que parece el ejército sudista: Mr. Javi, con la pierna vendada y apoyado en una muleta; Gerardo, con una venda en la cabeza; Wuajordi lleva un sombrero de paja, que no se fía del sol a pesar de que está atardeciendo; y Xixo, por razones parecidas, todavía lleva unas gafas muy oscuras para protegerse los ojos. Las apuestas se han vuelto locas. Hay millones en juego, pero la situación física del equipo terrícola ha cambiado bastante las inclinaciones de los apostadores, que han vuelto a meter dinero por los de Orión.

—Serán imbéciles —observa Juanky—. Si perdemos, no sé qué van a hacer con el dinero que ganen...

—Sí, eso sería una *kaka* de vaca —observa Xixo.

Una vez listos los dos equipos y con el terreno de juego preparado, Pollo da ánimos a sus compañeros:

—Recordad: se trata de ganar con juego limpio... y sin sufrir más lesiones.

Un segundo después, el árbitro pita el inicio de la jornada.

RETO 1

TIROS A CANASTA DESDE MEDIO CAMPO

Material necesario:

- Una canasta en el lugar donde normalmente se encuentra la portería.

Procedimiento:

- El título lo dice todo: hay que meter canasta tirando desde el centro del campo. Tirando con el pie, se entiende. Que esto es fútbol... más o menos.
- Como de costumbre, cinco tiros alternos por equipo.

La verdad es que la Crazy ha planteado este reto tan difícil confiando en la suerte y en el hecho de que durante los entrenamientos Gerardo y Wuajordi lograron meter canasta de esta manera... una vez. El resto de intentos fue un completo desastre, así que por media estadística se confía en que los alienígenas lo hagan peor.

Son los de Orión los que tiran primero y, en efecto, el desarrollo de este reto se cumple según lo previsto. La distancia es descomunal y la meta muy pequeña. Los visitantes no consiguen meter ni una. Por parte de la Crazy, disparan por este orden: Pollo, Juanky, Jose, Gerardo y Wuajordi. Xixo y Mr. Javi quedan fuera de momento, el primero porque aún no ve las cosas muy claras y casi no distingue el aro desde tan lejos; el segundo porque apenas se tiene en pie. En resumen, se repite el resultado de los entrenamientos: solo consiguen encestar Wuajordi y Gerardo, con lo que el primer punto va para la Crazy.

Tierra, 1; Orión, 0.

La aclamación es grande, pero Pollo no quiere confiarse:

—Vale, es un primer paso hacia la victoria, pero esto aún no ha acabado.

—¡Vamos con el segundo reto! —grita a coro la Crazy, inasequible al desaliento.

RETO 2

CROSSBAR CON CHILENA

Material necesario:

- Nada de particular, solo el balón.

Procedimiento:

- El tirador debe lanzar, hacer que la pelota rebote en el larguero y correr hacia ella para rematar de chilena.
- El portero puede incluso tratar de despejar el primer tiro al larguero, lo que hace de este un reto muy complicado.
- El impacto en el larguero ya vale un punto. Si además se mete un gol, se añaden cinco puntos más. Por lo tanto, un equipo puede sumar, en la primera ronda de cinco tiradas, hasta un total de 30 puntos.
- En caso de empate, rondas alternas de un disparo, como de costumbre.

—Me parece un reto demasiado difícil.

—Ya lo hemos hablado: se trata también de dar espectáculo, de ganarnos al público.

—Esto va a ser una lotería.

—Lo que no tengo claro —dice Pollo— es quién debe ser el portero en este reto.

—¡Yo! —dice Mr. Javi.

—¿Estás seguro?

—Sí. No tengo el tobillo para hacer acrobacias. Pero puedo tenerme de pie y defender la meta.

—Pero tampoco estás para dar muchos saltos.

—No os preocupéis: estaré a la altura.

—Vale, pues venga.

El reto comienza con el primer disparo de los alienígenas, a cargo del jefe de los visitantes de Orión. Sonríe al ver que el portero es Mr. Javi, que aún lleva un aparatoso vendaje sobre su lesión y de hecho ha llegado cojeando hasta la portería. El extraterrestre toma carrerilla y le pega un punterazo al balón, que se dirige a toda velocidad hacia el lado izquierdo del larguero. Contra todo pronóstico, Mr. Javi se mueve con gran agilidad y despeja de un puñetazo. El de Orión se queda con la boca abierta.

—¿Pero tú no estabas cojo? —le dice con su voz chillona característica.

—No hay que confiarse, mi querido marciano —es la respuesta de Mr. Javi.

El siguiente jugador, Xixo, no toma carrerilla. Coloca el balón con fuerza y logra dar en el larguero, pero el rebote sale hacia arriba y no tiene ocasión de rematar antes de que el portero rival se haga con la bola.

—Bueno, chicos —dice—. Un punto es un punto. Ya vamos por delante.

En el siguiente lanzamiento de Orión, el disparo sale fuera, sin llegar a tocar siquiera el larguero. Juanky, que tira a continuación, logra el impacto en el larguero y a continuación consigue rematar a puerta en una chilena impecable, aunque el portero acaba parando el tiro. Algo es algo: otro puntito. La lenta suma pone de los nervios al público, que permanece en silencio.

En la tercera ronda, el jugador extraterrestre dispara con mucha fuerza. Mr. Javi llega a pararlo con cierta dificultad, pero el balón rebota y pega... ¡en el larguero! El alienígena no lo duda y avanza para rematar un balón que ha quedado muerto al frente del área pequeña. Mr. Javi, a su vez, sale de debajo de los palos y consigue, en el último momento, interceptar el disparo y echar el balón fuera. El alienígena hace una chilena que impacta... en la nada. Luego aterriza con tanta fuerza sobre el culo que se lo tienen que llevar en camilla.

Dos a uno en el marcador provisional, pero nadie ha pasado por alto que, pese a su gran intervención, Mr. Javi cojeaba de manera exagerada. No está tan recuperado como ha intentado aparentar.

Le toca ahora a Jose, que realiza un disparo magistral: pega en la esquina derecha del larguero, logra un rebote recto y, desde fuera del área pequeña, vuela en chilena para disparar con el ángulo cambiado al palo contrario, dejando al portero rival sin saber ni por dónde le ha venido el gol.

Quedan dos rondas y la Tierra lleva una jugosa ventaja parcial de ocho a uno, pero no hay que confiarse. El siguiente tirador extraterrestre, aunque pega en el larguero, no llega a rematar, con lo que solo suma un punto. Wuajordi, por su parte, pega en la cruceta y se dispone a realizar la chilena... Sin embargo, el árbitro pita en ese momento.

—¿Qué pasa? —pregunta Wuajordi.

—Ha dado demasiado bajo —responde el árbitro—. Eso ya no era el larguero, sino el poste.

—¡No me fastidies! ¿Y dónde está la raya que dice «aquí acaba el larguero y empieza el poste»?

—Lo siento, son las normas.

—Pero... ¿Wuajapen...? ¿Tú con quién vas?

El árbitro advierte a Wuajordi, que vuelve a la banda mientras el marcador exhibe un momentáneo ocho a dos. Si los extraterrestres marcan ahora, pueden empatar. Mr. Javi se coloca entre los tres palos, avanzando casi a la pata coja. El gesto de dolor de su cara es evidente. El extraterrestre, confiado, coloca el balón sobre el punto de penalti, toma carrerilla y ¡dispara! El tiempo parece detenerse. Mr. Javi ve la trayectoria: el balón va directo al larguero, de nuevo. El guardameta terrícola se mueve con dificultad, pero se esfuerza por ignorar el dolor. Cuando el balón está a punto de rozar el palo, se apoya sobre el pie bueno y literalmente vuela hasta el larguero. Toca el balón con la yema de los dedos, lo suficiente para mandarlo por encima de la portería. El público estalla en aclamaciones mientras la Crazy Crew celebra, en el banquillo, que ya han ganado el punto. Como suele ocurrir, los extraterrestres se retiran del reto sin disputar el último tiro, que consideran innecesario. Pollo, que lanzaba en último lugar, realiza un tiro de exhibición con Gerardo de portero. Consigue marcar, aunque el tanto, por supuesto, no sube al marcador. El público celebra la deportividad de la Crazy y dedica un aplauso especial a Mr. Javi, que vuelve cojeando hacia el banquillo, ayudado por sus compañeros.

Tierra, 2; Orión, 0.

—Bueno, chicos, la cosa va bien. Pero no nos confiemos mucho...

—Vamos a por el siguiente reto...

RETO 3

ATRAPA EL BALÓN

Material necesario:

- Solo el balón.

Procedimiento:

- El equipo rival al completo (cuatro hombres, descontando al que hace de portero) lleva el balón. Se lo pasan entre ellos. El tirador, solo, debe interceptarlo y meter gol en un tiempo limitado (en este caso, treinta segundos).
- Cada robo cuenta un punto. Si además hay gol, es otro punto más, por lo que el reto puede otorgar, en total, 10 puntos.

Los primeros en jugar son los chicos de la Crazy Crew. Con habilidad, van toreando al delantero alienígena. Wuajordi hará de portero en esta ocasión, pues Mr. Javi casi no puede tenerse en pie del dolor en su pierna lesionada. Los cuatro jugadores de campo consiguen retener el balón a pesar de los esfuerzos del jugador contrario por arrebatárselo y, de este modo, pasan los treinta segundos sin que Orión sume puntos.

El reto continúa con buen pie para la Tierra. Pollo, que juega primero, logra interceptar y controlar la pelota tras un pase bastante torpe de los alienígenas. Solo ante la portería, remata el gol, que hace temblar la red. El estadio aclama a la Crazy Crew. El público empieza a ver como posibilidad real lo que hasta hace poco parecía una quimera: la victoria final de la Tierra sobre los invasores.

Por desgracia, no va a ser tan rápido. En los siguientes intentos los extraterrestres mejoran mucho su estrategia. Consiguen interceptar tres de los cuatro balones y lanzar a puerta. Wuajordi llegará a parar un único tiro, pero entrarán los otros dos. En cuanto a los terrícolas, acusarán el efecto de las lesiones. Xixo no podrá interceptar la pelota porque, según sus propias palabras, «Tíos, lo veo todo doble». Algo parecido le pasará a Gerardo, que, aunque sí roba la bola, tiene un dolor de cabeza que le impedirá tirar a meta con eficacia. Jose y Juanky, por su parte, también se hacen con el balón, pero el portero rival —que está para algo, a fin de cuentas—parará los tiros.

El tanteo final será ajustado, pero claro: siete a cinco a favor de los visitantes. La grada de espectadores venidos de Orión estalla en una aclamación, por primera vez. Sus gritos de alegría suenan como una bandada de cotorras en lo alto de un árbol. Y mientras tanto en el marcador de la jornada aparece en caracteres luminosos el tanteo:

Tierra, 2; Orión, 1.

—En fin, no se puede ganar siempre. Lo hemos hecho bien en un reto complicado.

—Y estamos acusando las bajas —dice Juanky.

—Deberíamos haber aprovechado este reto para partir alguna pierna —gruñe Jose, para añadir de inmediato, con una sonrisa—: ¡Maldito juego limpio!

—Venga, colegas, aún quedan dos retos.

RETO 4

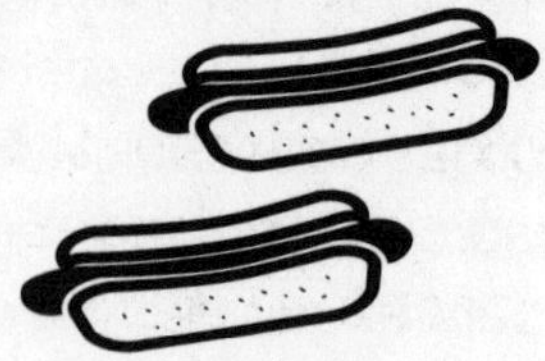

PENALTIS CALIENTES

Material necesario:

- Perritos calientes, tantos como hagan falta.

Procedimiento:

- Se da a cada tirador, en el centro del campo, cinco perritos calientes. En el momento en que pita el árbitro, hay que correr hacia la portería zampándose los perritos, que hay que acabarse antes de llegar al punto de penalti y lanzar.
- No vale el gol, caso de haberlo, si el jugador no se ha comido todos los perritos o, al menos, los tiene dentro de la boca.

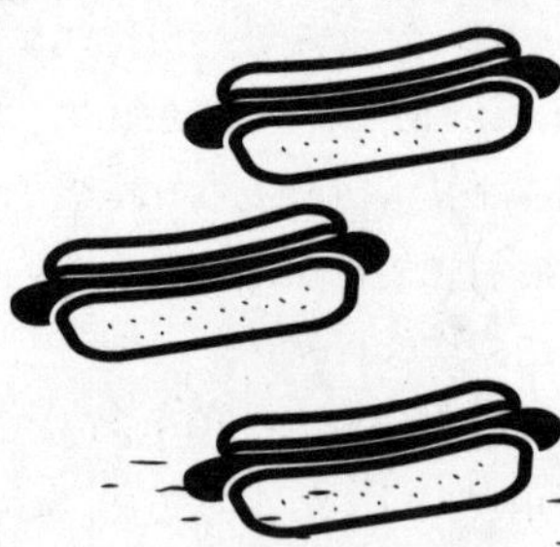

Un tufillo entre apetitoso y rancio va llenando el estadio. Una cocina de campaña, cortesía del Colimo, está preparando los perritos calientes en el centro del campo. Al lado se ha dispuesto una mesa donde se van colocando una vez listos.

—Si los van a hacer todos a la vez, para cuando toque tirar a lo mejor aún son perritos, pero desde luego no van a estar calientes —indica Gerardo.

—Bah, tampoco vamos a tener tiempo de saborearlos —le contesta Xixo.

La Crazy Crew juega primero. Juanky se acerca a la mesa, coge sus cinco perritos calientes y espera el pitido arbitral. En cuanto suena, sale disparado y empieza a metérselos en la boca, a la fuerza.

—¡Pero no corras tanto! —le grita Pollo desde el banquillo—. ¡Date tiempo a tragarlos!

Juanky no puede oírle: el ruido de sus mandíbulas masticando a toda leche no le deja escuchar nada. Por suerte se ha decidido no aliñar los perritos ni con ketchup ni con mostaza, porque se habría puesto el césped hecho un asco. Antes de que pueda llegar al punto de penalti, el árbitro ya lo ha descalificado.

—Has tirado demasiada comida —se justifica el colegiado.

—*Fi ef* que a *efto fe* le *pue* llamar comida —le contesta Juanky, con la boca llena.

—Este árbitro es un peligro... para nosotros —se queja Mr. Javi—. Nunca pita en contra de los de Orión.

—Para mí que lo han comprado —señala Jose.

—Bueno, ya sabéis la estrategia para el próximo intento: se corre a cámara lenta y se mastica con cuidado —señala Pollo—. A ver qué tal lo hacen nuestros rivales.

El primer jugador de Orión se sitúa junto a la mesa y recoge sus cinco perritos. El árbitro pita y, en ese momento, ocurre algo inesperado (aunque a estas alturas las sorpresas con los alienígenas no deberían ser inesperadas): el extraterrestre abre una boca más grande que una tapa de alcantarilla, se echa los cinco perritos dentro, cierra el «buzón» y corre tan tranquilo hacia el punto de penalti. En el campo se hace un silencio sepulcral, salvo en la grada de los visitantes, que se parten de risa. El disparo es imparable, por toda la escuadra, a pesar del esfuerzo de Wuajordi por detenerlo.

—Madre mía —se queja el portero terrícola—, me van a brear a goles. Y encima no voy a poder ni probar los perritos... Que huelen que te cagas.

En el banquillo, todos se han quedado con la boca abierta... Nunca mejor dicho.

—¿Habéis visto eso?

—¡Tienen boca extensible! Nos han tomado el pelo de nuevo.

—Bueno, tampoco es tomar el pelo, es que no sabemos casi nada de estos mamoncetes.

—La cosa se pone fea...

En efecto, el resto del reto no va demasiado bien. Ningún ser humano puede trasegar cinco perritos calientes en unos pocos metros, tirar a puerta y meter gol. Ningún ser humano... normal. Porque los de la Crazy Crew se crecen ante la adversidad.

Pollo, Gerardo y Xixo rozan lo imposible, es decir, consiguen tragar cada uno sus cinco perritos antes de llegar al punto de penalti. Sin embargo, por desgracia solo meten dos de los tres intentos. Por su parte, Jose es descalificado por la misma razón que Juanky, por regar de migas la hierba.

En cuanto a los visitantes de Orión, al jugar sin dificultad alguna, pueden tirar a puerta sin trabas.

Solo el esfuerzo de Wuajordi bajo los palos evita una victoria aplastante de los alienígenas: consigue detener en total dos penaltis, con lo que los extraterrestres se llevan el punto, aunque sin marcar demasiada diferencia, y eso a pesar de la ventaja que supone su boca extensible.

Tierra, 2; Orión, 2.

El problema es que ahora hay que jugárselo todo a la última carta. Y el reto postrero de la jornada no es nada fácil.

SALTO CON PÉRTIGA

Material necesario:

- Una pértiga como las de atletismo.
- Una muesca para encajarla sobre el punto de penalti.
- Una estructura que permita suspender el balón en el aire, a la altura adecuada. La tecnología alienígena puede valer, en este caso, si está disponible.
- Una colchoneta, para amortiguar la caída.

Procedimiento:

- Como ya se habrá adivinado, hay que correr, elevarse apoyando la pértiga y golpear el balón en el aire, sin soltar la pértiga, intentando meter gol.

Una vez más los operarios se disponen a montar el tinglado. Abren una muesca reglamentaria para la pértiga y, bajo la dirección de los alienígenas, montan el dispositivo antigravedad que mantendrá el balón suspendido en el aire.

—Esto me huele a mierda, chicos.

—Seguro que tienen preparada alguna trampa.

—No me extrañaría, pero no nos dejemos desanimar. Hay que salir a darlo todo. Si lo hacemos bien, el torneo habrá acabado antes de media hora y habremos ganado.

—Y si no, nos lo jugaremos todo en la gran final.

—Pues eso.

Cuando por fin llega el momento, la expectación en las gradas, y en toda la Tierra, es enorme. ¿Dará la Crazy Crew la talla en este desafío atlético? Pues lo vamos a saber enseguida. Pollo ha seleccionado para la acción a sus mejores muchachos. Bueno, en realidad son los únicos que tiene, porque Mr. Javi no está en condiciones de correr y en la portería se va a poner él propio Pollo, así que serán los cinco restantes los que tengan que afrontar un reto que es doble: por una parte, el combate futbolístico en sí. Y por otra, el hecho de tener que manejar una pértiga, instrumento atlético que para la mayoría de los chicos de la Crazy supone toda una novedad. Esperemos que sea igual para los de Orión.

El primero en tirar es Gerardo. Deportista de primera, se maneja bien con la pértiga. En los entrenamientos, incluso dio un breve cursillo a sus colegas.

—Esto no es nada fácil, pero se puede: el truco es correr con la pértiga en un ángulo determinado —hace una demostración visual— para que no te desequilibre. Y hay que mantenerla así hasta que estás a la distancia correcta de la muesca. Entonces hay que clavarla bien (la pértiga, se entiende) y dejar que se doble para que se cargue de impulso. No os preocupéis, que no se va a romper. Después, aprovechando la energía que se acumula por elasticidad, tenéis que salir despegados hacia arriba, en vertical. Y una vez arriba, le metéis una buena leche a la pelota. Eso es todo.

—No, no, eso no es todo —protesta Wuajordi—. ¿Y después del patadón, qué?

—Eso, tío: ¿cómo volvemos al suelo?

—De eso no os preocupéis —se ríe Gerardo—. La gravedad os ayudará.

—Madre mía, nos vamos a matar.

En fin, Gerardo salta al terreno y ejecuta una maniobra perfecta, tal y como ha descrito. Una vez en el aire, remata en media chilena, sin soltar la pértiga, y mete un gol como una casa que adelanta a la Tierra en el marcador. Y después aterriza limpiamente sobre la colchoneta, situada un poco por delante del punto de penalti.

La Crazy aplaude a su compinche mientras el primer tirador extraterrestre se sitúa en el terreno de juego. Arranca a correr con el palo, lo clava limpiamente en la muesca con una precisión matemática y se eleva en el aire con facilidad. Se nota que están acostumbrados a la falta de gravedad en sus naves. Por suerte, su remate no es muy limpio y Pollo consigue detenerlo con relativa facilidad. La cosa promete.

Y prometería más si en España el atletismo fuera asignatura obligatoria. Para resumir, diremos que Jose, nuestro siguiente lanzador, no lo hace mal del todo: consigue elevarse bastante. Tanto, que pasa por encima de la pelota, empujado hacia arriba por la antigravedad, y cae en la colchoneta sin saber muy bien lo que ha pasado. En cuanto a Wuajordi, clava el palo en la muesca y la «energía elástica acumulada» lo devuelve limpiamente hacia atrás, como si hubiera rebotado en una pared. Juanky, que ha estado al loro, imita la técnica de Gerardo. Por desgracia, cuan-

do alcanza la vertical se le acaba el impulso y se queda colgando durante unos segundos frente al balón, como un racimo de uvas en una parra. Antes de caer, consigue rematar de cabeza (a falta de algo mejor), pero el balón no gana impulso suficiente para marcar. Solo Xixo logra tirar a puerta como Dios manda y meter gol un poco de chiripa, pero la fuerza que le da a su patada le hace caer para atrás, y se habría roto la cabeza de no ser porque se suelta de la pértiga en el último momento y logra «agarrarse» al campo antigravedad que sujetaba la pelota. Los asistentes le bajan con una escalera.

En cuanto a los alienígenas, se ve que han practicado con la pértiga. Los cuatro tiradores restantes consiguen elevarse como campeones olímpicos y rematar a puerta. Con lo que no contaban es con que Pollo está inmenso y le ha pillado el tranquillo a parar tiros que le vienen desde arriba. Detiene en total otros tres balonazos. A falta del último disparo alienígena, la Crazy sigue por delante con su gol de ventaja. El quinto disparo de Orión queda a cargo del jefe extraterrestre, que mira a Pollo con su típica sonrisa.

—¡Prepárate, terrícola!

Sale corriendo, clava la pértiga, se eleva en el aire y, sin que nadie se lo espere, golpea el balón con las dos piernas a la vez, aprovechando el impulso del salto. La pelota sale como un disparo láser: entra en la portería sin que Pollo llegue a verla. El empate en el último momento vuelve loco al público, que ya se veía ganador, y genera apuestas a millones por todo el planeta (y seguramente también en Orión) para ver quién gana el desempate.

No será muy largo el desenlace. Gerardo, que es el que mejor se maneja con el palo, vuelve a tirar, salta muy bien, pero el portero extraterrestre detiene el tiro. El siguiente disparo extraterrestre sigue en la tónica general: el visitante salta bien, remata con fuerza y el balón vuela hacia la portería, por la escuadra izquierda, en un sitio inalcanzable. ¿Seguro? Pollo también vuela, literalmente, y toca la pelota con la yema de los dedos. La desvía, pero no llega a impedir el tanto. Cuando cae al suelo, Pollo rueda sobre sí mismo y descubre, con rabia, que la bola ha entrado. Por los pelos, pero el gol es válido.

En la grada alienígena se produce la locura: gritan, saltan, bailan de forma muy rara y, sobre todo, cantan algo, en dirección al público terrestre, que parece... una chirigota. Por suerte hablan en su idioma extraterrestre y no se les entiende nada.

Tierra, 2; Orión, 3.

La jornada termina con un sabor agridulce. La Crazy Crew ha demostrado su valía a lo largo de seis jornadas en las que ha realizado una remontada increíble, enfrentándose a retos nunca vistos frente a un rival con gran tendencia a hacer trampas y soportando un arbitraje que no siempre parece tan neutral como debería. Y hoy, pese a todos los problemas, con medio equipo lesionado, han demostrado su calidad y su pundonor perdiendo en el último momento y por los pelos. El empate en el marcador general cuenta toda la historia: tres a tres. No se puede decir que no sea un torneo disputado. La última jornada será inevitable, pero la afrontan con la moral alta que da el saber que pueden lograr la victoria.

—Pues nada, chicos. Volvemos a nuestra base a entrenar.

—¿A entrenar qué? Los retos finales los pondrán los alienígenas.

—A entrenar la cabeza: el triunfo en la final nos lo dará la psicología, no la fuerza bruta.

En la cancha, los alienígenas celebran la victoria de hoy a su manera, bailando una especie de conga extraterrestre cantidad de ridícula, pero que se acabará poniendo de moda, en el futuro, para celebrar los goles en los campeonatos oficiales de fútbol. El «cha-cha-cha marciano» lo llamarán los comentaristas deportivos, con la imaginación desbordante que los caracteriza.

CAPÍTULO 8

LA GRAN FINAL

La espera para la última jornada del gran torneo no se ha hecho larga en la base de la Crazy Crew. El entrenamiento físico moderado ha permitido recuperar definitivamente todas las lesiones, mientras que una adecuada preparación mental ha subido la moral del equipo.

El entrenamiento psicológico ha consistido sobre todo en jugar a videojuegos en los que se destruye a invasores extraterrestres. Como el que acaba de llamar a la puerta, por ejemplo. Cuando Xixo abre, se queda con los ojos como platos al ver allí, plantado en toda su estatura, a uno de los jugadores del equipo rival.

—¡Toma ya! ¿Y tú qué *quiereh*? —pregunta.

—Vengo a hablar con vosotros —contesta el de Orión—. ¿No está vuestro jefe?

—Hombre, aquí jefes, lo que se dice jefes, no hay —sostiene Juanky, que acaba de llegar—. Pero me imagino que te refieres a Pollo.

—Sí, ese. El de la barba.

—No está. Se ha ido al Colimo a ver qué pasa con vuestras trampas.

—¡Eso! —irrumpe Jose—. ¿A qué vienes, mamarracho, a vendernos mierda como la otra vez?

—No, no... Yo...

—No nos interesa —dice Gerardo, que, como de costumbre, viene de entrenar un poco.

—¿Pero me queréis dejar hablar?

—Venga, marciano, lárgalo rápido —se impacienta Jose.

—Pues veréis, terrícolas. No tiene sentido prolongar esta agonía de campeonato. Así que se nos ha ocurrido una cosita. Se ve que sois chicos sanotes, de buen rollo. Pero no sois ricos, ¿verdad? El caso es que estos días, en nuestra nave, se nos ha ocurrido que quizá podríamos mejorar mucho vuestra situación financiera. A cambio de vuestra colaboración en la jornada final, claro está.

—¿Wuajapen? —pregunta Wuajordi, que se suma a la fiesta.

—Que aquí el marciano nos está sobornando.

—Oye, que no soy marciano —se queja el aludido.

—Da igual. No aceptamos sobornos —zanja la cuestión Gerardo.

—Además, ¿para qué nos iba a servir el dinero siendo vuestros esclavos?

—Pero es que ahí le has dado, muchacho —prosigue el extraterrestre—. Seamos realistas: vais a perder la final. Hemos preparado unos retos que os harán alucinar. Os vamos a machacar. Estamos casi, casi seguros, pero tampoco queremos correr riesgos, somos así de prácticos. Si os dejáis ganar, tendréis riqueza y poder en el mundo futuro. Os nombraremos gobernadores de algunas provincias.

—Bueno, colegas, ya hemos oído bastante, ¿no? —el que habla es Mr. Javi, que viene de dentro—. Además, todavía me duele el tobillo por culpa de estos mamones.

—Pues sí, yo creo que Javi tiene razón —sentencia Wuajordi.

—Anda que no eres tú tonto ni *na* —dice Jose—. Te vamos a machacar. Y en la final también.

—Deduzco que eso significa que me vais a machacar... ¿ahora?

No hay respuesta. La escena siguiente ocurre bastante deprisa. De nuevo un alienígena sale corriendo por la trastienda de la Crazy Crew, perseguido por sus miembros, que le tiran todo tipo de cosas mientras le insultan a modo. El visitante no consigue zafarse hasta que llega a su transbordador y sale huyendo de allí a toda velocidad.

—¡Nos veremos en el campo de juego, terrícolas! —grita, antes de desaparecer en su nave.

—¡Eso! ¡Os vais a cagar!

—Otra mierda del deporte: los puñeteros sobornos —lamenta Juanky.

En ese preciso momento llega Pollo, que se sorprende (pero no demasiado) de ver a sus colegas tan alterados. Lo entiende todo, tan pronto le cuentan lo sucedido.

—Habéis hecho bien, chicos.

—Bueno, ¿y tú, qué tal por el Colimo?

—Sí, tío. ¿Hay un nuevo jefe? ¿Cómo se llama? ¿Fujiyama O'Tull?

—Pues vais a flipar —contesta Pollo—. Ya no hay Colimo.

—¡No fastidies!

—Sí: lo han cerrado.

—¿Y eso?

—Al parecer las Naciones Unidas lo consideran un organismo inútil: si perdemos, no servirá para nada. Y si ganamos, en realidad tampoco, porque los que habremos impedido la invasión somos nosotros, no ellos (como era su deber).

—Vaya... Qué cosas.

—Y además —continúa Pollo— tampoco era fácil encontrar a alguien para la jefatura. Y por las mismas razones. Si perdemos, nadie quiere comerse el marrón. Pero por otra parte, si ganamos, cualquier chusquero aspiraría a salir en la foto con nosotros, y nadie quiere ceder ese honor. Total, que estamos solos.

—No, Pollo. Solos no estamos: tenemos al público.

—Y a nuestros seguidores del canal.

Todos asienten. Queda poco para la gran final y esta vez se juega...

—¡Aquí! ¡En casa! —les anuncia Pollo.

—¿Qué? —dicen todos a la vez.

—Que sí, que los alienígenas han propuesto jugar la última jornada en el Marquina, el campo del San Pedro, donde grabamos los retos.

—¿Y por qué? —pregunta Wuajordi.

—Yo había propuesto Wembley, por dar un tono internacional a la cosa, pero ellos han insistido en venir aquí. Y no es por cortesía: dicen que será más humillante derrotarnos en casa.

—Eso habrá que verlo —dice Jose, amenazando con el puño cerrado.

En fin, el tiempo pasa y llegan los momentos previos a la jornada decisiva. La tensión es máxima. El marcador general exhibe un rotundo empate a tres que esta noche deberá romperse para siempre. Los marcianos... perdón, es que se me pega: los de Orión han elegido una serie de retos que el árbitro entregó a la Crazy unos días antes, para que pudieran prepararse.

—Ya veo —dijo Pollo a sus amigos—. Han elegido retos bastante... «tecnológicos». Creo que van a intentar pillarnos.

—Como siempre —cantó a coro todo el equipo.

—A mí lo que me fastidia —intervino Juanky— es que esto ha sido como las grandes finales de baloncesto.

—¿A qué te refieres?

—Bueno, que se juegan a cinco partidos, pero la verdad es que el único importante es el último.

—Sí. Y ese lo suele ganar el que juega en casa —zanjó Pollo la cuestión—. Ya conocemos los retos. *Let's go!*

En el estadio la expectación supera a la de todas las jornadas precedentes. En las bandas hay cámaras de todas las televisiones del mundo. Y en las gradas la mitad del público procede de Orión: quieren vivir en directo otra conquista de su imperio galáctico. La Crazy Crew parece bastante dispuesta a chafarles la fiesta, pero no será sencillo. Los retos son un tanto enrevesados. Y el primero, aunque pensado para dar espectáculo a todos los públicos, tiene una dificultad añadida: pase lo que pase, no será responsabilidad de la Crazy Crew: es el «desafío de las estrellas».

RETO 1

EL DESAFÍO DE LAS ESTRELLAS

Material necesario:

- Cinco estrellas internacionales del fútbol para cada equipo. En el caso de Orión, más que internacionales, interplanetarias.

Procedimiento:

- Se tiran cinco rondas de penaltis normales, alternando ambos equipos.
- El desempate, en caso necesario, por el sistema reglamentario de tiros alternos.

Este reto se comunicó con bastante anticipación para que la Crazy tuviera tiempo de seleccionar a sus «estrellas».

—El «desafío de las estrellas»... Claro, es lógico. Como estamos jugando contra un equipo de otro planeta...

Por suerte la historia no ha guardado el nombre de quien hizo este comentario tan chorra, unos días antes. Durante las deliberaciones, cada miembro de la Crazy propuso a varias posibles estrellas. Algunas, de lo más bizarras:

—Podríamos incluir en el grupo para el reto no solo a deportistas, sino también a gente de prestigio en otros campos.

—¿Cómo quién?

—Pues... No sé. Presentadores de la tele o *youtubers* o qué sé yo...

—¿Qué tal Stephen Hawking? —Tampoco ha quedado constancia de quién tuvo esta ocurrencia.

—¿Tú sabes lo que estás diciendo?

—Hombre, es para que vean que en la Tierra también hay gente lista.

—Sí, colega, eso está claro. Yo creo que mejor nos ceñimos a gente que pueda meter un penalti. Buscaremos futbolistas. Nuestro papel en este reto consiste solo en formar el mejor equipo posible.

Y fue complicado: a algunos jugadores no hubo manera de encontrarlos. Otros no quisieron venir si no les pagaban... Pero al final Pollo pudo anunciar los nombres de estos agregados de oro a la selección de la Tierra.

—Aquí tengo la lista definitiva, colegas. Os la leo en orden alfabético: Agüero, David Luiz, Ibrahimovic, Messi y Cristiano Ronaldo. Y de portero, David de Gea.

—¡Mola!

—A ver qué tal lo hacen.

El día para saber cómo se desenvuelve esta curiosa selección ante los tres palos ha llegado al fin. Los cinco son jugadores profesionales, experimentados. Pero este desafío es nuevo para ellos. Para todo el mundo, en realidad, salvo para un grupo de siete chicos: los de la Crazy Crew, que aprovechan los instantes previos para dar algunos consejos a las estrellas futbolísticas. Bueno, en realidad solo les dan un consejo:

—No os fiéis de los de Orión: son unos guarros.

El reto comienza con el primer disparo de Orión. Las estrellas alienígenas despiertan gran entusiasmo entre su propio público, a la vez que una indiferencia absoluta entre los espectadores terrícolas. Gerardo no puede evitar un comentario:

—Qué relativo es esto de la fama...

El tirador, un as del deporte orionita, tira el penalti con precisión y clava un gol que De Gea no puede parar, aunque por los pelos. A continuación le toca el turno a Luiz.

—¿Por qué un defensa? —pregunta Jose.

—Pues... ¿por qué no? —es la respuesta de Pollo.

El jugador brasileño no es, desde luego, especialista en estas cosas. Por eso tira el primero. Coloca el balón y, sin tomar apenas carrerilla, lanza un cañonazo que hace vibrar las redes y, ya de paso, al estadio. La cosa va a estar competida.

Los siguientes tres disparos corren a cargo de, en este orden, Messi, Ibrahimovic y Sergio Agüero, que se alternan con otras tantas estrellas de Orión. El primer tiro de Orión es un fallo, a lo que responde Messi con un gol como una casa. El siguiente disparo también es un fallo extraterrestre que produce una aclamación brutal entre el público de la Tierra, sobre todo cuando el sueco de origen croata, Ibrahimovic, envía el balón al fondo de las mallas sin apenas esfuerzo. Con tres a uno en contra, el siguiente tiro de los alienígenas es decisivo. Y el jugador de Orión logra el gol tras hacer rebotar el balón en el poste. De Gea, que ha parado espectacularmente los dos tiros previos, no puede hacer nada en este caso. Tres a dos, un resultado que da esperanza a los visitantes de, al menos, empatar el reto. Siempre y cuando Agüero no marque. ¡Y no marca!

El jugador del Manchester ha intentado ajustar tanto su disparo que se sale por el lateral, rodando por el suelo, a pocos centímetros del poste. Qué cerca ha estado la cosa. Así llega otro momento decisivo, pues en esta jornada final cada punto vale su peso en oro. El jugador de Orión tiene la obligación de marcar. Para los ojos terrícolas no es más que otro extraterrestre, pero su público lo anima con extraños gritos que suenan parecidos al guirigay típico de un gallinero. En el momento de tirar a puerta el tiempo parece detenerse. El sonido de la patada al balón suena con un raro eco en todo el estadio. Parece ir directo a la escuadra, pero toma efecto y gira en el aire. De Gea, concentrado como nunca en su vida, adivina la trayectoria y consigue despejar el esférico con el puño derecho cuando estaba a punto de pasar la línea de meta.

Tierra, 1; Orión, 0.

Es la apoteosis en las gradas. Incluso la Crazy salta del banquillo para abrazarse con las estrellas, que celebran la obtención de este primer punto en la jornada de hoy. El único que se lamenta un poco es Cristiano Ronaldo, que se ha quedado sin ocasión de disparar a puerta.

—Es lo que tiene reservarse para tirar el último —le dice Pollo.

La celebración es emotiva y las estrellas tienen muy buen rollo, pero la cosa no ha acabado. Mientras la Crazy Crew y los cinco jugadores invitados saludan al público, un nutrido grupo de operarios monta el espectacular tinglado necesario para el siguiente reto.

RETO 2

LA ESCALADA

Material necesario:

- Dos muros de escalada paralelos e idénticos.
- Una plataforma superior que una los dos muros. En esta parte elevada se encuentran dos porterías, con sus áreas, sus puntos de penalti y sus porteros respectivos.
- Equipo de escalada: arneses, mosquetones, cuerdas, cascos, etc.

Procedimiento:

- Dos jugadores, uno de cada equipo, deben escalar por uno de los lados. Al llegar arriba, deben tirar a puerta y tratar de meter gol.
- Cabe la posibilidad de que ambos puedan disparar, pero con una salvedad: si uno escala lo bastante rápido y lo hace antes de que el otro pueda tocar el balón, este ya no podrá tirar a puerta.
- Como de costumbre, cinco intentos por equipo. Por supuesto, en todos los retos que faltan se aplica la regla de oro: si hay empate, se va tirando de forma alterna, penalti a penalti. Esto no hace falta ni decirlo.

El armatoste, que se eleva unos diez metros sobre la superficie, ocupa un tercio del terreno de juego. En la parte de arriba la plataforma tiene el tamaño de un campo de fútbol-sala. Los árbitros comprueban que todo esté a punto y pitan el inicio del desafío.

En la primera ronda, el jefe alienígena y Pollo compiten para ver quién sube primero. La velocidad es importante, pues dejar al contrario sin posibilidad de disparar es una baza fundamental. El líder de la Crazy Crew escala con agilidad, pero cuando llega arriba descubre sorprendido que su rival se dirige ya como un rayo hacia el balón. Pollo hace un esfuerzo tremendo y logra plantarse en su propio punto de penalti antes de que el otro dispare. Sin embargo, ha sido tan por los pelos que no consigue imprimirle precisión suficiente y falla el tiro. El jefe extraterrestre, por su parte, marca el primer gol de su equipo, con un chute que el portero de la Tierra, Xixo, no puede detener.

Cuando regresa abajo, Pollo recibe información inesperada:

—¡Están haciendo trampas! —le dicen todos más o menos a la vez.

—¿Cómo? —pregunta Pollo.

—No lo sabemos —le contesta Mr. Javi—. Pero está claro: tú no has visto con qué facilidad ha subido, a pesar de sus ropas nada flexibles y de sus ridículos zapatos, pero nosotros y el público sí.

En efecto, Pollo recuerda haber oído, durante la ascensión, un abucheo procedente de la grada situada frente al muro de escalada alienígena.

—Deben de estar usando su dispositivo antigravedad —señala Jose.

—¿Tenemos alguna prueba?

—No. Sea lo que sea, lo han ocultado bien —remacha con cara de frustración Mr. Javi.

—Entonces vamos a seguir con el reto. No creo que el árbitro vaya a hacernos caso.

Con la moral algo baja y muy cabreados, los cuatro escaladores siguientes, Jose, Gerardo, Wuajordi y Juanky, continúan el desarrollo del reto con resultados desparejos. Solo Wuajordi y Juanky logran escalar a tiempo para tirar a puerta y meter sendos goles. Gerardo y Jose, por su parte, realizan un gran esfuerzo, pero al hacer cumbre los alienígenas les sacan mucha delantera y ni siquiera tienen ocasión de disparar. El esfuerzo de Xixo como portero es encomiable, pues logra parar un tiro, pero el resultado final es un claro cuatro a dos que trae el empate al marcador general.

Tierra, 1; Orión, 1.

—¡Que hagan todas las trampas que quieran! —ruge Pollo—. Hoy vamos a ganar sea como sea, y de nada les van a servir los truquitos.

En el banquillo de los visitantes, los de Orión se ríen y saludan a su público mientras los operarios desmontan la plataforma y preparan todo para el reto siguiente.

RETO 3

PENALTIS A LO *MONSTER TRUCK*

Material necesario:

- Un *monster truck* o cosa similar.
- Un balón gigante.
- Una portería gigante.

Procedimiento:

- Cada equipo dispone de un *monster truck,* que los jugadores irán conduciendo por turnos. Tendrán que intentar meter gol.
- En este caso, no hay portero.

—Este puede ser divertido.

—Sí, sobre todo si ganamos...

—Va a quedar el campo hecho una mierda.

—Sí, por eso los árbitros nos han advertido de que no se puede pasar del centro. El que lo haga quedará descalificado: tiene que quedar la otra mitad del terreno de juego en buenas condiciones para los dos retos restantes.

En España no abundan los *monster trucks,* y no ha habido tiempo de traer uno de los Estados Unidos, donde son un espectáculo muy popular. Así que la Crazy Crew ha optado por utilizar el equivalente local: una enorme máquina segadora-trilladora.

—No os confundáis por las pintas, colegas —dice Pollo—: este artefacto tiene una potencia bestial y es más caro que un Ferrari.

—Nos apañaremos —observa Gerardo.

—En realidad tiene pinta de *monster truck* —asiente Juanky.

—Incluso es más grande que la mayoría de esos cacharros —opina Jose.

—Impresiona. ¿Para qué sirven estas cuchillas? —pregunta Wuajordi.

—Para cortar el trigo —es la respuesta de Pollo.

—Espero que no pinchen el balón esos *mathuersos* —termina Xixo este diálogo de besugos.

Por suerte, un agricultor de las cercanías les ha explicado cómo se conduce y qué posibilidades tiene esta máquina. Para hacer la cosa más atractiva, la han tuneado a su gusto, con grafitis y algún que otro adorno.

—¿Una calavera de cabra? —pregunta el árbitro.

—Sí. Es que como dicen que estamos locos como una... Pues eso. Somos la Crazy Crew, a fin de cuentas.

—Vale, vale.

Los de Orión tampoco tienen *monster trucks* en su mundo, así que ellos, a su vez, han traído el equivalente: un aparato con ruedas gigantes, un todo terreno inmenso que utilizan en los reconocimientos previos a la invasión de un planeta.

El reto comienza con el primer tiro de la Crazy. Mr. Javi, a los mandos, da unas vueltas de prueba para ver cómo va el cacharro. La verdad es que tiene fuerza e impresiona la agilidad con la que se mueve a pesar de su tamaño. Tanta agilidad, que acelera más de la cuenta y teme darle demasiado impulso al balón. Un segundo antes de impactar con él, frena de golpe, la máquina bascula un poco y da a la pelota de forma rara, haciendo que rebote contra el suelo y se eleve con tanta fuerza que sale volando muy por encima del larguero para caer en la grada de los visitantes, donde aplasta a unos cuantos extraterrestres que hay que llevarse en camilla.

—Madre mía, esto no me hace ni puta gracia.

Los de Orión salen confiados, dirigiendo un vehículo al que están muy acostumbrados. Jose ya ni siquiera tiene ánimos para recordar a todo el mundo lo marrulleros que son los alienígenas. Claro que una cosa es conducir en un reconocimiento y otra tirar a puerta. El visitante guía el aparato con maestría y le mete un buen directo al enorme balón, pero tampoco logra marcar gol.

El siguiente intento de la Crazy tampoco va bien. Xixo hace algunas virguerías con la inmensa trilladora, incluso algo parecido a un caballito, antes de empujar el balón con firmeza en dirección a la portería. Por algún motivo, ha calculado mal la potencia y, en lugar de rodar rápido, lo hace tan a cámara lenta que casi desespera verlo. La hierba del campo, demasiado alta, va frenando el giro poco a poco, hasta que la bola, que va recta hacia el portal, se detiene justo un milímetro antes de la línea.

—¿Será posible?

La pregunta retórica de Xixo resuena con un eco en el estadio, en el que se ha hecho un silencio preocupante, que solo rompe el ralentí del motor de la máquina. No durará mucho. Un minuto después lanza el siguiente jugador de Orión y este sí estrena el marcador. La ovación de su público es enorme.

El desarrollo del reto no mejora las cosas. Gerardo marca y logra el empate parcial, pero el siguiente extraterrestre mete gol y vuelve a cobrar ventaja. Pollo, en su turno, pega bien, pero la pelota da en el poste. El siguiente tirador alienígena marca y establece un tres uno definitivo. No hace falta lanzar los últimos penaltis. El reto se ha escapados de entre las manos al equipo de la Tierra. La pericia de los de Orión con su máquina, combinada con la inexperiencia paralela de los jugadores de la Crazy, ha establecido la diferencia en un reto que, sin duda, ha sido bien calculado por los invasores.

Tierra, 1; Orión, 2.

La situación se vuelve chunga. Quedan dos retos y ahora ya no hay opciones. La Tierra tiene que ganar los dos o estará acabada. Para los visitantes es más sencillo: les vale con vencer uno, cualquiera de ellos.

—Hay que echar el resto, chicos. Ya no nos podemos relajar —dice Pollo, mientras toda la Crazy Crew se dirige a la mitad contraria del terreno de juego porque, como estaba previsto, el fondo en el que han disputado el reto del *monster truck* ha quedado como un campo de patatas.

Los representantes de la Tierra saludan al público y lo animan a jalear. Tienen la moral alta, a pesar de todo. Más que la gente de las gradas, que tras los dos últimos reveses se ha quedado callada como si viera el terrible desenlace al que puede llevar un mal resultado en este raro campeonato. Pero los «Siete Magníficos» se crecen ante los problemas. Y eso que el reto siguiente es tan puñetero como el anterior: los nativos de Orión han planificado bien la jornada para ganar.

RETO 3

JETPACK

Material necesario:

- Un *jetpack.* Si no existen en la realidad, siempre podemos usar el aparato que han traído los de Orión, cuya tecnología está muy avanzada.

Procedimiento:

- Un jugador se pone el *jetpack* y se eleva en el aire, mientras un compañero le pasa el balón desde el suelo. Hay que intentar rematar desde arriba y meter gol. Mejor si nadie se mata.

Si el reto previo parecía difícil, a este se une la posibilidad de acabar con los huesos rotos. De nuevo los alienígenas ponen en juego una tecnología a la que ellos están más acostumbrados.

—Más acostumbrados no —observa Wuajordi, en deferencia a los lectores—. Acostumbrados a secas: lo de conducir una máquina enorme lo tenemos más o menos asumido, pero lo del *jetpack*... Si eso no se ve más que en las películas. Que somos personas humildes, leches.

Los extraterrestres, sin duda, están más que habituados a usar estos ligeros aparatos voladores en sus incursiones. El entrenamiento que ha realizado la Crazy en los días previos les ha permitido familiarizarse un poco con los mandos —«No es más complicado que la Play», dijo Juanky—, pero el nivel de experiencia de ambos equipos no es, desde luego, comparable.

Experiencia, al menos, en el manejo del *jetpack*. Porque en otros aspectos la Crazy ya ha aprendido algunas cosillas. Digamos que... si vas a Roma, haz como los romanos. Mientras se prepara el campo para este cuarto reto, Jose ha bajado a los vestuarios:

—Tengo que ir a... bueno, tripas rotas, ya me entendéis. Ahora vuelvo.

Una vez en los pasillos, no se dirige a los servicios, sino que se da una vuelta por el vestuario de Orión, donde se encuentra el *jetpack* que van a emplear los extraterrestres. Y, por una de esas casualidades del destino, no hay nadie más por allí. La Crazy Crew apoya el juego limpio, y desde luego no hay constancia de que Jose manipulara nada del *jetpack* —«Yo no tengo ni idea de mecánica», podría decir en su defensa—, ni de que le aflojara algunos tornillos, ni de que le metiera un calcetín en el tubo de escape. No, amigos, prometemos que nada de eso ocurrió. En realidad, ni siquiera sé por qué estamos hablando de este asunto totalmente imaginario.

Aunque, la verdad, el desarrollo del reto fue de lo más curioso. Los cinco «voladores» de la Crazy (en este orden: Juanky, Mr. Javi, Pollo, Gerardo y Xixo, con Jose como lanzador de las asistencias) se apañaron con su *jetpack* bastante mejor de lo esperado y lograron meter cuatro tantos. Y si no se metió el quinto fue porque, de hecho, no hizo falta tirar a puerta.

Y es que en los turnos de tiro extraterrestres ocurrieron cosas muy misteriosas. Salieron muy confiados en su pericia, y la verdad es que el primer intento no fue demasiado mal. El aparato volaba más o menos de forma correcta, aunque parecía un poco tembloroso. El jugador se elevó medio bien, remató y, para su desgracia, Wuajordi detuvo el lanzamiento.

En el segundo intento, el *jetpack* ya parecía algo más tembloroso y, además, soltaba un humillo negro que olía a queso. Al jugador le costó ganar altura y su remate fue flojo y mal dirigido. Pero a la tercera ocurrió algo realmente extraño. El *jetpack* empezó a gemir como un cerdo asmático, subía y bajaba sin control aparente y, de pronto, con una especie de tos, expulsó, en llamas, un objeto inidentificable, aunque hubo quien, desde las gradas, afirmó que parecía un calcetín de mercadillo. Al expulsar el... lo que fuera, el *jetpack* ganó altura de golpe y, de chiripa, el jugador consiguió patear el balón y meterle gol a un Wuajordi que se quedó pasmado viendo cómo su rival ascendía unos treinta metros.

Luego el *jetpack* se paró con un par de tosecillas más y, de pronto, cayó en picado. El extraterrestre no se mató de milagro, gracias al que el cacharro volvió a arrancar en el último segundo y disminuyó la velocidad del impacto.

El *jetpack* alienígena se hizo trozos en ese momento, como si tuviera los tornillos flojos. De todas formas, no hizo falta utilizarlo más, porque en el siguiente intento la Crazy, vía Gerardo, marcó el cuatro a uno que sentenciaba el reto y devolvía el empate al marcador general. Desde su posición, Jose desplegó en dirección al banquillo alienígena su mejor sonrisa. Pero sin ironía ninguna, seguro. Y nadie le oyó decir «Donde las dan las toman», qué va. Podemos asegurarlo.

Tierra, 2; Orión, 2.

Tras siete jornadas de infarto, el torneo se va a decidir en el último reto. Y es uno bastante doloroso.

RETO 4

ELECTROSHOCKS

Material necesario.

- Un collar o, más bien, cinturón eléctrico con mando a distancia.

Procedimiento:

- El tirador llevará el cinturón alrededor de la pierna buena. Cuando se disponga a lanzar el penalti, el equipo contrario pulsará el mando que provoca la descarga en el momento que quiera, pero solo una vez.

—Esto va a ser un poco doloroso, chicos —dice Pollo, seguro de sí mismo—. Pero tras un breve mal rato, habremos ganado este desafío y salvado a la Tierra.

Los jugadores de la Crazy chocan los cinco, con la moral alta. Casi a su lado, en el banquillo contiguo, el equipo de Orión parece algo menoscabado. Uno de sus jugadores ha sido retirado del campo y, en su suficiencia, no han traído suplentes, por lo que solo son cuatro para el choque final.

—Algún marciano se va a llevar dos descargas hoy.

—Que sea el jefe, que es el más mamón de todos.

—Pollo, si no te importa, voy a proponer una cosa al árbitro —dice Juanky.

—¿El qué, colega?

—El campo está un poco seco y el balón rueda mal. Voy a pedir que rieguen.

—Vale, buena idea.

—Y así podemos descansar un poco. No nos vendrá mal.

Juanky se dirige al árbitro principal y le hace su propuesta. El colegiado no ve inconveniente y, durante unos minutos, se riega la zona del área para mejorar las condiciones del césped. Cuando los aspersores se apagan, comienza el reto.

Cómo había previsto Pollo, esa cosa eléctrica duele bastante. La Tierra juega primero, y Gerardo, que estrena la ronda, descubre cómo se las gastan los alienígenas: corre sin problemas hacia el punto de penalti y, cuando está a punto de tocar el balón, le meten la descarga. Duele más de lo esperado, pero a pesar de todo logra empalmar un buen tiro y marcar el primer gol.

—Te puedes ir a la mierda —le dice al jefe de Orión, que es el encargado de apretar el botón del mando a distancia.

El tanto de Gerardo acerca a la Tierra a la deseada victoria. Pero ahora es el turno de los alienígenas. ¿Qué sucederá? El jugador venido de otro mundo empieza su carrera mientras Pollo se sitúa bajo los palos y Juanky se encarga del mando a distancia. Imitando a sus rivales, espera a que el visitante esté casi al lado del balón y, justo entonces, le suelta la descarga. Para sorpresa de todos, el alienígena lanza un aullido de dolor y cae redondo al suelo, sin llegar a tirar.

La situación se repite en los siguientes dos lanzamientos, en los que la Crazy, tras un primer fallo, consigue meter otro gol, obra de Wuajordi, mientras los jugadores de Orión se muestran extrañamente sensibles a la electricidad. Durante el desarrollo del desafío, Pollo, que aún no se ha estrenado como portero, se sorprende, y con él toda la Tierra:

—Madre mía, pues sí que les afecta. Y eso que el reto lo han propuesto ellos.

Sin embargo, no hay tiempo, por ahora, para extrañezas. El cuarto intento de la Tierra es bola de set, de partido y de campeonato. Jose es el encargado. Corre sin prisas, se acerca a la pelota y, cuando parece que va a disparar, hace una paradiña inesperada. El jefe alienígena muerde el anzuelo: aprieta el botón medio segundo antes, Jose aguanta el chispazo y al cabo de un instante, ya sin dolor alguno, tira a puerta sin problemas y marca un gol incuestionable.

El estadio revienta en aclamaciones. Los jugadores de la Crazy Crew se abrazan y dan saltos en el área pequeña antes de emprender la vuelta de honor para saludar al público. Jose, todavía en el punto de penalti, se quita el cinturón eléctrico y lo lanza a las gradas. Unos días después se venderá en cierto portal de Internet a precio de oro.

Las aclamaciones, los aplausos y los vítores duran horas. Hay una fiesta en todo el planeta, sin importar si es de día o de noche. Es, quizá, la jornada histórica más importante de todos los tiempos. O al menos lo será en el ámbito deportivo. Esto sí que ha sido el partido del milenio.

Pese a la euforia, Pollo no las tiene todas consigo respecto al desarrollo del último reto de la jornada, pero se huele algo y le pregunta a Juanky.

—Oye, colega... ¿Qué es lo que acaba de pasar exactamente?

—Bueno... —responde Juanky—, que me la he *marcao*.

—Ya me lo imagino. ¿Pero cómo?

—Lo del riego, Pollo, lo del riego. El agua es un buen conductor de la electricidad. A nosotros, que llevamos calzado con suela de goma, nos da igual si la hierba está mojada o no. Nos llevamos la descarga normal del cinturón eléctrico y ya está. Pero a los extraterrestres, con ese calzado ridículo con suela y tacón metálico... Tío, son como una toma de tierra: el efecto de la descarga se amplifica muchísimo.

—¿Y tú cómo sabes estas cosas?

—Colega, que uno lee. Bueno, y lo miré en Internet cuando nos dieron la lista de los retos.

Pollo abraza a su compinche y todos juntos prosiguen la celebración. La Crazy Crew ha salvado al planeta y lo ha hecho en buena lid (alguna pequeña triquiñuela, sí, pero nada de trampas de las gordas, qué diablos). Y esto se lo reconoce hasta el jefe alienígena, que al final del partido se acerca a la Crazy.

—Terrícolas, habéis ganado. Mi enhorabuena, lo habéis hecho muy bien.

Dicho esto, tiende la mano, que Pollo estrecha con satisfacción. Un segundo después, y fieles a su costumbre de no perder tiempo, los visitantes regresan a su nave y, elevándose, desaparecen para siempre de los cielos de la Tierra.

O tal vez no para siempre, ¿quién sabe?

EPÍLOGO

Durante las semanas siguientes a la gran victoria la Crazy Crew vivió todo tipo de celebraciones. Las Naciones Unidas, tras haber prescindido del Colimo, se encargaron personalmente de programar festejos en todo el mundo, así como actos de exhibición en los que los campeones de la Tierra mostraron al planeta sus habilidades frente a la portería. La euforia fue grande, pero como suele ocurrir, la marea se fue retirando y, al cabo de un tiempo, las cosas volvieron a la normalidad. O casi.

—¡Tíos, hemos llegado a los trescientos millones de seguidores en nuestro canal!

Pues sí, esta fue una consecuencia inesperada del triunfo de la Crazy Crew en el más raro desafío que le hubiera tocado jugar en toda su vida. Y no les vino mal a sus integrantes, porque durante el desarrollo del torneo con los de Orión se intercambiaron millones y millones en apuestas..., pero a nadie de la Crazy se le ocurrió poner ni un duro.

—Es que estábamos concentrados en el juego —fue la respuesta más común de los jugadores del equipo, cuando les preguntaban.

—Además, eso de apostar... No sé yo —declaró Doctore Pollo en su momento—. No me mola.

Sin embargo, en las jornadas siguientes a la gran final hubo más cosas, aparte de la natural alegría de los siete jugadores que representaron a la Tierra. Por ejemplo, se conoció que el árbitro, en efecto, estaba comprado. Esta información se supo a través de dos vías. Una, el chivatazo del jefe de los alienígenas, que se reunió con Pollo unos días después de acabado el torneo. Fue una visita de cortesía, antes de regresar definitivamente a su lejano planeta. Al parecer, en Orión lo de las trampas no está mal visto: forma parte del reglamento y, como todos las hacen, pues nadie obtiene verdadera ventaja con ello.

—En nuestro mundo se considera un medio estratégico más para ganar el juego —declaró a la prensa el jefe de Orión—. En realidad, si alguien hace una trampa imaginativa y hábil, recibe un gran aplauso.

—Otros planetas, otras costumbres —fue la respuesta del periodista.

Sin embargo, cuando los extraterrestres supieron que en la Tierra no gusta lo de las trampitas (les costó enterarse, la verdad, pero diremos en su descargo que no había mala fe, sino costumbre), se deshicieron en excusas y volvieron a felicitar a la Crazy Crew por haber ganado, incluso con esa desventaja.

—Es que somos los mejores —sentenció Pollo, al que se le puede perdonar, en esta ocasión, la falta de modestia.

Aparte de las declaraciones del orionita, la policía descubrió que la cuenta corriente del árbitro principal había crecido sospechosamente, y que de pronto tenía propiedades e inversiones en medio mundo. Aunque intentó escabullirse, su suerte estaba echada: cualquier persona de la Tierra conocía su careto y no resultó difícil identificarlo cuando trataba de ocultarse en un lejano archipiélago.

—A partir de ahora va a tener que arbitrar los partidos de la cárcel —sentencia Jose.

—No sé si los presos se van a fiar de él. En prisión, seguro que la gente es demasiado honrada, en comparación con ese tío —dice Gerardo.

—Y cambiando de tema, colegas —interviene Wuajordi—, a mí lo que me habría gustado es que nos dieran un trofeo.

—Es verdad —confirma Juanky, con el asentimiento de todo el equipo.

—Pues no habría estado mal —le da la razón Pollo—. Pero bueno, tenemos el trofeo moral de haber salvado a nuestro planeta de una invasión.

—Hombre, sí... Pero habría sido un bonito recuerdo —dice Mr. Javi.

—Sí, una copa, en plan «Me la he *marcao*».

—Bueno, tenemos el recuerdo de la victoria y de las aclamaciones de todo el mundo, además de un canal *petao* y... un montón de retos nuevos para colgar.

—Y además van a verse hasta en Orión.

—Yo de eso no estoy tan seguro —dice Gerardo, que ha estado cotilleando ciertos datos en Internet.

—¿Por qué?

—Colega, porque la estrella de la que vienen está a doscientos años-luz de la Tierra.

—¿Y qué?

—Pues que cualquier cosa que les mandemos tardará doscientos años en llegarles.

—Y sus respuestas —interviene Juanky—, otro tanto en regresar a nosotros.

—La leche, vamos a estar cantidad de viejos para entonces —no se sabe quién dijo esto.

En la calle, empieza a caer la noche. El sol se ha puesto y, pese a las farolas, se pueden ver algunas estrellas brillantes. Tal vez alguna de ellas sea la que ilumina la civilización que ha estado a punto de invadir nuestro mundo. Los de la Crazy Crew deciden que es buena hora para darse una vuelta y relajarse, ahora que las celebraciones, los desfiles y las fiestas se han acabado. Aún les saluda la gente con la que se encuentran, pero ya no es la presión de los primeros días. Como observó Gerardo en cierta ocasión, la fama es siempre relativa.

—¿Qué vamos a sacar de todo esto, colegas? —pregunta Jose.

—¿Qué quieres decir? —le pregunta Pollo.

—Pues que... Vale, somos famosos y tal, pero quizá ya hayamos hecho lo más grande que vayamos a hacer en toda nuestra vida. ¿Y ahora qué?

Pollo reflexiona unos momentos antes de contestar. Xixo y Mr. Javi, que están a su lado, jurarían que el líder de la Crazy Crew pone una sonrisa traviesa antes de hablar de nuevo:

—En algún momento hay que hacer lo más grande, ¿no? Y luego hay que disfrutarlo.

—Sí, pero somos muy jóvenes.

—Vamos a vivir de recuerdos...

—Venga, tíos, ya vale —corta Pollo el arrebato nostálgico de algunos de sus colegas—. Como sabía que os ibais a poner en este plan, porque os conozco..., bueno, tracé un plan alternativo.

—¿Cuál?

—¿Qué has hecho?

—Veréis: durante una de mis visitas al Colimo me aburría de esperar y me entretuve dándole vueltas a la cabeza. Y se me ocurrió esto mismo que estáis diciendo: «Si perdemos, estamos jodidos, pero ya todo dará igual. Sin embargo, si ganamos seremos héroes por un día y luego nos comeremos los mocos».

—Como los tíos que llegaron a la Luna. Ya casi nadie se acuerda de ellos. Fue bonito mientras duró, pero pasado un tiempo no muy largo, cada uno a la suyo.

—Sí, algo parecido. Pues bien, hace unos pocos días, en uno de nuestros últimos encuentros con las autoridades, me acerqué al que más mandaba y le dije, en plan ultrasecreto, que los alienígenas habían pedido una revancha.

—No fastidies.

—Pues sí.

—¿Y qué te dijo?

—Que no tenía constancia. Le contesté que era porque me lo acababan de comunicar, pero que pronto lo sabrían todos.

—Pero es de coña, ¿no?

—No. En realidad me lo dijo en persona el jefe de los alienígenas, ese mismo día.

—¿En serio?

—Sí.

—Nos estás ocultando algo.

La sonrisa de Pollo va en aumento, y ya no puede esconder que, en efecto, ha tramado algo gordo.

—Pues sí, colegas. Aquel día, antes de la reunión en la cumbre, hablé en un aparte con el jefe de los marcianitos y le propuse un plan: que cuando le preguntaran, confirmara lo de la revancha. Pero sin dar un plazo.

—¡Están dando la noticia ahora! Lo estoy viendo por el móvil —dice Xixo.

—A ver...

—«Orión pide la revancha. Sus naves regresarán a la Tierra en cualquier momento para competir de nuevo con la Crazy Crew por la supremacía del fútbol galáctico. Según declaraciones de los extraterrestres, así es la costumbre en todo el universo. La Crazy Crew, declarada tesoro mundial».

—¿Tesoro mundial? ¿Lo qué?

—¡Que nos van a mimar, chicos!

—¿Y cuándo va a ser ese campeonato? —pregunta Jose.

—Pues... —Pollo se queda pensativo un segundo, pero sigue riéndose—, si los datos de los que hemos hablado hace un rato son correctos, quizá volvamos a vernos con los de Orión dentro de unos cuatrocientos años.

—Pues yo creo que para entonces estaremos demasiado viejos para tirar penaltis.

—Ya te digo —sentencia Pollo—, pero eso solo lo sabemos nosotros. Vamos a dejar que nos cuiden.

—Qué diablos... ¡Nos lo hemos ganado! No se salva a un planeta entero todos los días.

—¡Pues claro!

—Y disfrutemos del presente, que el futuro está siempre borroso.

La constelación de Orión asoma, perfectamente visible, por encima del horizonte. En algún punto de ese lejano grupo de estrellas habita una civilización a la que le gusta el fútbol, los zapatos de tacón y los desafíos interplanetarios.

—De todas formas —dice uno de los chicos de la Crazy Crew, mirando hacia el cielo—, no estaría nada mal jugar una liga galáctica.

—Nunca se sabe... Todo puede ser —le contesta Pollo—. De momento, tenemos tiempo de sobra.